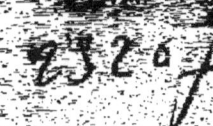

LA MARQUISE

CASTELLA

PAR

XAVIER DE MONTÉPIN

II

LA VOLEUSE D'AMOUR

PARIS

E. DENTU, LIBRAIRE-ÉDITEUR

PALAIS-ROYAL, 15-17-19, GALERIE D'ORLÉANS

LA

MARQUISE CASTELLA

II

LA VOLEUSE D'AMOUR

LIBRAIRIE DE E. DENTU, ÉDITEUR

OUVRAGES DU MÊME AUTEUR

Collection grand in-18 jésus à 3 francs le volume

SOUS PRESSE :

LE CHALET DES LILAS.

LE MÉDECIN DES FOLLES.

UNE DAME DE PIQUE.

SON ALTESSE L'AMOUR.

F. Aureau. — Imprimerie de Lagny.

LA MARQUISE

CASTELLA

PAR

XAVIER DE MONTÉPIN

II
LA VOLEUSE D'AMOUR

PARIS

E. DENTU, ÉDITEUR

LIBRAIRE DE LA SOCIÉTÉ DES GENS DE LETTRES

PALAIS-ROYAL, 15-17-19, GALERIE D'ORLÉANS

—

1879

Tous droits réservés

LA
MARQUISE CASTELLA

DEUXIÈME PARTIE
LA VOLEUSE D'AMOUR

I

A LA BASTIDE CASTELLA

Les vagues succédaient aux vagues, avec une régularité monotone et terrible.

Les minutes succédaient aux minutes avec une lenteur désespérante, et chacune d'elles semblait aux naufragés avoir la longueur d'un siècle.

Depuis un temps assez long déjà les deux hommes, cramponnés à la quille du canot et soutenant ensemble dans leurs bras la jeune fille évanouie, n'échangeaient aucune parole.

Gaston tout à coup rompit ce silence.

— Monsieur... — fit-il en se tournant vers le vieillard.

Ce dernier répondit d'une voix rauque et qui semblait avoir peine à sortir de son gosier contracté :

— Je vous écoute, mon enfant... qu'avez-vous à me dire?

— J'ai à vous apprendre une mauvaise nouvelle.

Le vieillard tressaillit, et, par un instinct paternel, rapportant tout à sa fille dans l'effroyable situation où il se trouvait, balbutia :

— Une mauvaise nouvelle ! Mon Dieu ! croyez-vous donc qu'elle soit morte?

— Non, monsieur, non... je ne crois pas cela... — J'espère bien, au contraire, que mademoiselle votre fille est vivante...

— Eh bien, alors, qu'il y a-t-il donc?

— Il y a que le moment approche où il faudra que vous vous passiez de mon aide...

— Allez-vous donc nous abandonner après avoir tant fait pour nous? — s'écria le vieillard.

— Dieu m'en garde ! Vous abandonner ! jamais!... jamais, volontairement, du moins ! Mais, malgré toute ma bonne volonté, je sens que je m'abandonne moi-même. Dans un instant mes mains engourdies vont lâcher prise... mes bras paralysés, mes jambes roidies n'obéiront plus à ma volonté... Je coulerai comme un sac de plomb, et le premier coup de mer un peu fort qui va tomber sur nous s'emparera de mon corps pour en faire un cadavre...

—Au nom du ciel, mon enfant, luttez ! Redoublez de courage... résistez jusqu'au bout...

—Eh! monsieur... croyez-moi, je fais tout ce que je peux, et c'est bien malgré moi que je lâcherai prise pour me noyer...—Mais... s'il est écrit là-haut que je dois mourir tout à l'heure... il faut bien se soumettre... — Un de mes plus vifs regrets du reste, n'en doutez pas, est de vous fausser compagnie en une si critique occurrence...

—Moi qui suis un vieillard, j'ai de la force encore, — reprit le malheureux père, —une force surhumaine, et je la puise dans ma volonté... —Imitez l'exemple que je vous donne... — Pour m'arracher ma fille, pour me séparer du canot où me voilà cramponné, il faudrait me couper les mains... Vous dont la jeunesse vigoureuse est dans toute sa fleur, vous devez et vous pouvez faire cent fois plus que moi...

Gaston ne répondit pas, et c'est à peine s'il entendit les paroles prononcées par son compagnon de naufrage.

Cette défaillance absolue, dont il avait senti les approches, s'emparait de lui souverainement.

Il lui semblait que son cœur cessait de battre, que son sang se glaçait dans ses veines, que son corps n'avait plus de nerfs.

Il éprouvait en même temps les atteintes d'un profond anéantissement moral.

Sa pensée et sa volonté s'évanouissaient, ainsi qu'il

arrive à l'homme qui s'endort d'un irrésistible sommeil.

C'est tout au plus s'il lui restait la présence d'esprit nécessaire pour balbutier :

— Je vais mourir... adieu, ma mère...

C'en était fait de Gaston Castella.

Avant qu'une minute se fût écoulée, il allait succomber, victime de son généreux dévouement !

A ce moment précis, un bruit de voix humaines se fit entendre au milieu du tapage étourdissant des flots.

Le vieillard, dont la tête se penchait sur la poitrine, se redressa soudain.

Une expression de joie inouïe, d'ivresse indicible, se peignit sur son visage livide et contracté.

Sa voix, brisée et presque éteinte tout à l'heure encore, s'éleva vibrante et sonore comme la voix d'un jeune homme.

— Une voile ! — cria-t-il, — une voile ! — on vient à nous !... — nous sommes sauvés !...

Ces mots produisirent sur Gaston l'effet subit et prodigieux de l'étincelle électrique touchant un cadavre.

Ils le galvanisèrent...

Sa main droite, prête à lâcher la quille du canot, se crispa sur le fer humide.

Son bras gauche, raffermi comme par enchantement, étreignit avec une force nouvelle la taille frêle de la jeune fille.

Ainsi que venait de le faire son compagnon, il se souleva au-dessus des vagues, et à son tour il se mit à crier :

—Une voile! une voile!... nous sommes sauvés!...

Les naufragés ne se trompaient point.

A une faible distance du canot une grande barque de pêche, pontée et portant cinq ou six hommes d'équipage, courait des bordées dans le but évident de se rapprocher des deux hommes.

Cette embarcation traînait à sa remorque une chaloupe désemparée.

C'était celle de Gaston...

Par un de ces hasards, trop fréquents pour n'être point vraisemblables, mais qui n'en sont pas moins providentiels, la chaloupe montée par Josou et que le mistral et les vagues chassaient rapidement vers la côte, avait été jetée sur le passage de la grande barque faisant route vers le port de pêche le plus voisin, après avoir essuyé sans avaries graves toute la fureur de la tempête.

Le patron connaissait Josou.

Il le recueillit et l'interrogea.

Aussitôt que le jeune Provençal, un peu remis de sa terreur et de ses angoisses, put parler, il raconta le mortel péril dans lequel il avait laissé son maître.

Tous les pêcheurs du littoral vénéraient la marquise Castella, dont la charité n'avait point de bornes ; tous adoraient Gaston, qu'ils rencontraient souvent en

pleine mer et qui ne manquait jamais de faire avec
eux de longues causeries et de leur distribuer du ta-
bac ou des cigares.

— *Troun de l'air ! mes pinchous,* — s'écria le patron,
— nous ne laisserons point périr M. Gaston, n'est-il
pas vrai ?

— Non ! non ! non !... — répondirent les matelots
avec enthousiasme, — nous le sauverons s'il en est
temps encore !

Le patron, sans perdre une seconde, vira de bord
et prit en louvoyant la direction indiquée tant bien
que mal par Josou.

Il y avait mille contre un à parier que la recherche
de ces braves gens n'aboutirait point, qu'ils feraient
fausse route, ou que, par cette mer furibonde, ils
passeraient à côté du canot chaviré sans l'aperce-
voir.

La Providence décida le contraire et ne permit pas
à ces innombrables chances de perte de l'emporter
sur l'unique chance de salut...

A peine la barque venait-elle de courir des bordées
pendant une demi-heure, que Josou, dont les yeux
perçants étudiaient tous les points de l'horizon, s'é-
cria :

— Les voilà !...

Les pêcheurs poussèrent aussitôt une clameur
joyeuse, et le bruit de leurs voix, nous le savons, arriva jusqu'au vieillard.

Quelques minutes suffirent alors pour que la bar-que accostât l'épave.

Des amarres furent jetées, — deux matelots d'une vigueur herculéenne s'y suspendirent et furent bien-tôt hissés à bord, portant dans leur bras robustes Gaston Castella, la jeune fille évanouie et le père de celle-ci.

Aussitôt que le vieillard se trouva sur le pont, par conséquent hors de tout danger, une réaction natu-relle et prévue se fit en lui. — Une prostration com-plète remplaça à la force factice et nerveuse qui l'a-vait soutenu jusque-là...

Il se pencha vers la jeune fille, dont on venait d'é-tendre sur un amas de cordages le corps inanimé, et à son tour il perdit connaissance.

Gaston, au contraire, se sentait complétement re-mis et toute trace de sa récente défaillance avait disparu.

Il remercia chaleureusement les pêcheurs.

Le patron l'interrompit.

— Eh! *bagasse*, monsieur Gaston, — s'écria-t-il, — ça ne vaut pas un remercîment!... — Fallait-il point, je vous le demande, laisser trois créatures du bon Dieu boire à la grande tasse, quand il y avait peut-être moyen de les en empêcher?... — Plus sou-vent! — C'était un devoir!... — Nous l'avons fait... — Il n'y a ni peu ni beaucoup à nous en vanter... — Donc, n'en parlons plus... — Présentement, mon-

sieur Gaston, sans vous commander, où faut-il vous
conduire, s'il vous plaît?...

— Au plus près, mes bons amis, c'est-à-dire à la
Maison-Blanche, car c'est là que demeurent ce vieillard et cette jeune fille...

— Êtes-vous pressé d'arriver à terre, monsieur
Gaston?

— Certes!...

— Et voulez-vous suivre un bon conseil?...

— Je ne demande pas mieux.

— Eh bien, donnez-nous la commission de vous
ramener tout droit chez vous.

— Pourquoi cela?...

— Ah! dame!... parce que...

— La bastide de ma mère est plus loin d'ici que
la Maison-Blanche.

—C'est certain, mais le vent vient de sauter brusquement au sud-ouest, — en moins de vingt minutes il
nous fera filer jusqu'au bas de votre jardin, tandis
qu'il nous faudra près d'une heure pour arriver à la
Maison-Blanche, — sans compter, monsieur Gaston,
que si madame votre maman sait que vous êtes parti
en mer par un temps pareil, elle doit être joliment
pas tranquille du tout, et que ça lui fera grand bien
de vous voir, et grande consolation pareillement.

Cette dernière raison ne pouvait manquer d'exercer
sur le jeune marquis une influence énorme.

Il se rangea sans résistance à l'opinion du brave

pêcheur, et la barque, virant de bord à nouveau, se dirigea, vent arrière et avec une prodigieuse rapidité, vers la bastide Castella.

Nous n'entreprendrons point de raconter les poignantes angoisses de la marquise, lorsqu'elle vit, du haut des terrasses de son jardin, l'ouragan se former à l'horizon, et se déchaîner sur les flots avec une violence impétueuse et irrésistible.

Les tortures d'un cœur de mère peuvent se comprendre, mais non se décrire.

A demi folle d'épouvante et de désespoir la marquise, tête nue, descendit sur la plage et s'y tint debout, haletante, malgré les souffles furieux du mistral qui menaçaient à chaque instant de la renverser et malgré les torrents d'écume qui la couvraient tout entière lorsque quelque vague monstrueuse venait déferler presque à ses pieds.

Elle se tordait les mains, elle se frappait la poitrine, elle s'agenouillait sur le sable, en murmurant d'une voix défaillante :

— Mon Dieu ! ne laissez pas mourir mon fils ! Prenez ma vie et protégez la sienne ! — Tuez-moi... par pitié !... tuez-moi et sauvez-le !

Puis elle se relevait, en proie à de véritables accès de délire, et elle s'écriait dans une explosion effrayante :

— Rien ne peut le sauver ! il est perdu ! il est perdu !

1.

Madame Castella, nous le savons, n'existait que pour son fils.

Gaston était son unique amour en ce monde, sa seule joie, sa seule espérance.

Si les tortures morales que subissait la pauvre mère avaient dû se prolonger pendant longtemps encore, il est hors de doute que sa raison aurait succombé.

Déjà il lui semblait voir, sous le linceul mouvant de chaque flot, le cadavre défiguré de son fils.

La folie se serait, à coup sûr, emparée d'elle au moment où la réalité sinistre aurait pris la place de l'effrayante hallucination.

Heureusement, ce douloureux martyre eut un terme.

Une voile se dessina dans le lointain et grandit rapidement.

Bientôt la marquise put distinguer la coque goudronnée d'une barque de pêche, et, sur le pont de cette barque, un groupe de formes humaines, dont l'une agitait un mouchoir.

L'instinct maternel de madame Castella ne pouvait la tromper.

La distance trop grande lui cachait les traits de Gaston, et cependant elle eut aussitôt, non pas le pressentiment mais la certitude que c'était bien lui, et son morne désespoir fit place aux ivresses de la joie la plus exaltée.

Lorsque l'embarcation ne se trouva plus qu'à une faible distance de la plage, le patron fit carguer la voile et jeter un grappin qui mordit profondément le fond sablonneux et maintint la barque dans un état d'immobilité relative.

Deux des pêcheurs descendirent avec des avirons solides dans la chaloupe amarrée à l'arrière. Une sorte d'échelle de corde fut improvisée, et, grâce à cette échelle, Gaston et Josou opérèrent leur transbordement, suivis par le vieillard dont l'évanouissement avait été de courte durée. Gaston reçut des mains du patron la jeune fille, toujours sans connaissance, et la chaloupe habilement conduite ne tarda guère à venir s'échouer sur le sable fin du rivage.

— Vous étiez bien inquiète... vous me croyiez perdu... n'est-ce pas, ma bonne mère?... — s'écria Gaston en courant se jeter dans les bras de la marquise Castella, qui, pendant quelques secondes, le serra contre sa poitrine avec une violence convulsive en le couvrant de baisers et de larmes. — Mère chérie, — reprit le jeune homme après avoir répondu chaleureusement à ces transports de tendresse, — je ne suis pas seul... je vous amène des hôtes.

— Qui donc? — demanda la marquise.

Gaston lui désigna le vieillard et la jeune fille.

— Oh! l'adorable enfant! — s'écria madame Castella en s'approchant de cette dernière. — Qu'elle est belle, malgré sa pâleur et ses yeux fermés! — Une

catastrophe effrayante a sans doute causé son évanouissement ? — Sans doute elle a failli mourir ?

— Elle a couru le plus grand des dangers, madame,
— répondit le vieillard, — et sans le dévouement
héroïque de votre fils, ma fille n'existerait plus...

— Sauvée par Gaston ! — murmura la marquise
avec une orgueilleuse joie, — quel bonheur ! et combien cette douce enfant va me devenir chère !...

Madame Castella brûlait de désir de connaître,
dans tous ses détails, l'acte de courage et de dévouement dont son fils venait d'être l'auteur.

Mais elle imposa silence à sa curiosité légitime.

Le moment aurait été on ne peut plus mal choisi,
en effet, pour entamer des dialogues et demander
des explications.

La jeune fille avait besoin des secours les plus
prompts.

Gaston et le vieillard ne pouvaient conserver les
vêtements ruisselants d'eau qui glaçaient leurs
membres.

Madame Castella ne faillit point aux devoirs que la
situation lui imposait.

Au bout de quelques minutes, Blanche était couchée dans un lit moelleux et, grâce aux soins empressés de la marquise, elle ne tardait point à reprendre
connaissance, mais elle avait reçu une commotion
morale trop violente pour sa nature frêle et délicate.

A peine venait-elle de sortir de son évanouissement,

qu'une fièvre assez forte se déclara, accompagnée d'un peu de délire.

Rien ne semblait plus naturel et moins inquiétant que cet état d'excitation cérébrale ; — néanmoins la marquise voulut passer la nuit entière au chevet de l'enfant malade, et nulle supplication ne put empêcher le vieillard de partager avec elle cette tâche tout à la fois douce et douloureuse pour un père.

Tandis que madame Castella et son hôte veillaient auprès du lit où la jeune fille, dans son fiévreux sommeil, murmurait des phrases indistinctes et des mots interrompus, il causèrent à voix basse et longuement.

Le vieillard apprit à la mère de Gaston qu'il se nommait le baron de Jessains, ancien officier de marine ; — qu'il possédait dans le pays des propriétés importantes ; — qu'il avait perdu sa femme quinze ans auparavant, à la suite d'un accouchement difficile, et que, depuis cette époque, plongé dans un inguérissable chagrin, il ne vivait plus que pour Blanche, sa fille unique, son enfant adorée.

Les médecins ayant ordonné des bains de mer afin de fortifier la nature excessivement délicate et impressionnable de mademoiselle de Jessains, il avait loué la Maison-Blanche et acheté un canot pour des promenades dont la première avait eu un résultat si funeste.

L'existence du baron et celle de madame Castella offraient de frappantes similitudes.

Les vieillard et la marquise était inconsolables tous deux, l'un de la mort de sa femme, l'autre de la perte de son mari.

Tous deux aussi n'avaient qu'un enfant sur lequel se concentrait leur tendresse exclusive et passionnée.

Enfin, un péril commun venait de souder l'une à l'autre, pour ainsi dire, les destinés de ces enfants.

De telles analogies de situation ne pouvaient manquer d'établir une sorte de lien entre la marquise et son hôte.

Madame Castella se sentit prise pour le baron d'une sympathie vive et soudaine.

De son côté, le père de Blanche était attiré vers la mère de Gaston par une sympathie non moins subite et non moins irrésistible.

Ils se tendirent la main sans prononcer une parole, et ces mains restèrent longuement unies.

Ils venait de se voir, quelques heures auparavant, pour la première fois, et ils étaient d'aussi vieux amis que s'ils se connaissaient depuis vingt ans !

La nuit presque entière s'écoula dans des causeries pleines d'intimité.

Un peu avant le moment où les lueurs pâles de l'aube naissante allaient blanchir à l'horizon, une grande amélioration se manifesta dans l'état de Blanche.

Un sommeil calme et profond remplaça sa somnolence agitée.

La rougeur trop ardente qui couvrait ses joues s'éteignit.

Ses lèvres cessèrent de murmurer les phrases sans suite dont elle n'avait pas conscience.

Quand elle se réveilla, après deux ou trois heures de repos complet, le soleil entrait à flots dans la chambre.

Blanche sourit en voyant son père et la marquise qui lui souriaient, penchés sur elle...

La fièvre avait disparu...

La jeune fille était guérie...

C'était une adorable enfant que Blanche de Jessains, et le jeune matelot Josou, lorsqu'en son appréciation naïve il la comparait à une madone, faisait preuve d'un goût sûr et d'un jugement sain.

Blanche avait quinze ans et deux ou trois mois.

Elle était d'une taille moyenne, admirablement proportionnée, et gracieuse au delà de toute expression dans sa personne entière.

Rien n'égalait, rien du moins ne pouvait surpasser l'éclatante blancheur de son teint, comparable aux pétales d'un camellia faiblement rosé.

Elle avait de splendides cheveux blonds qui, dénoués, tombaient jusqu'à terre.

Les prunelles de ses grands yeux, tout à la fois doux et profonds, semblaient refléter l'azur immaculé de la mer et du ciel de Provence.

Un bracelet aurait pu lui servir de ceinture.

Son pied et sa main, dignes de la statuaire antique, offraient les irrécusables indices de son origine patricienne.

Sous cette enveloppe charmante, sous cette beauté choisie, se cachaient une âme d'élite, une intelligence vive, un cœur ardent et charitable, inaccessible à toute pensées mauvaise, asile des plus nobles vertus.

Aucune créature humaine, dit-on, ne saurait atteindre les dernières limites de la perfection absolue.

Sans prétendre nous inscrire en faux contre cet adage consacré par le temps, nous pouvons affirmer du moins que Blanche côtoyait de bien près l'idéal de la perfection.

M. de Jessains embrassa sa fille à vingt reprises et avec transport.

L'enfant s'étonnait presque de ce redoublement de tendresse passionnée.

La fièvre et le sommeil avaient troublé ses souvenirs en jetant sur sa mémoire une sorte de voile.

Elle ne se souvenait qu'à peine des événements de la veille et du mortel péril auquel elle n'avait échappé que par un miracle.

Quand M. de Jessains eut ravivé ses souvenirs et lui eut raconté tous les détails du sauvetage héroïquement entrepris par Gaston Castella, la jeune fille

s'écria en jetant ses deux bras autour du cou de
la marquise :

— Ah ! madame, que vous devez être fière, que
vous devez être heureuse d'avoir un tel fils!...

Madame Castella ne répondit à la douce enfant
que par des baisers.

Dès le matin de ce jour un des valets de la marquise avait porté à la Maison-Blanche un billet de
M. de Jessains.

Ce billet contenait des ordres qui furent exécutés
sur-le-champ, et la femme de chambre de la jeune
fille accourut à la bastide Castella avec des vêtements
pour sa maîtresse.

Blanche quitta son lit, s'habilla et se trouva forte
et vaillante comme si nulle secousse n'avait ébranlé
son organisation.

M. de Jessains, craignant d'abuser de l'hospitalité
de la marquise, dont il connaissait l'existence soli-
taire et retirée, voulait quitter aussitôt le bastide et
reprendre le chemin de son logis.

Madame Castella fit à ce projet une opposition for-
melle.

— Vous êtes mon hôte,— dit-elle au vieillard avec
un gracieux empressement, — et, comme tel, vous
me devez obéissance...—Or, je vous déclare que vous
ne sortirez point d'ici avant de vous être assis à ma
table!... n'est-il pas nécessaire, indispensable même,

que mademoiselle Blanche fasse connaissance avec son sauveur ?...

M. de Jessains ne pouvait décliner une telle invitation.

Il accepta donc ; et, pour la première fois depuis bien des années, deux étrangers prirent place à la table de la mère et du fils.

Pendant toute la durée du repas Gaston, dont nous connaissons le caractère habituellement sérieux et réfléchi, fut entièrement différent de lui-même.

Une préoccupation visible le dominait et le privait d'une façon à peu près complète de sa liberté d'esprit.

Il semblait ne prêter aucune attention à la conversation générale, et, si M. de Jessains s'adressait directement à lui, il tressaillait et se troublait sans aucune raison apparente, étonnant le vieillard et la marquise par ses réponses bizarres et incohérentes.

Depuis le commencement du repas il tenait presque constamment ses yeux fixés sur le parquet, comme si une timidité insurmontable le contraignait à baisser la tête.

Si, par instants, le regard de Gaston s'élevait furtivement jusqu'au visage de mademoiselle de Jessains placée en face de lui, et s'il rencontrait le regard limpide et candide de la jeune fille, une ardente rougeur envahissait son front et ses joues, et son visage offrait aussitôt une expression de trouble et de ma-

laise semblable à celle qui se peint sur les traits du
coupable surpris en flagrant délit.

— Mais, mon Dieu ! qu'a-t-il donc ? — se demandait
madame Castella.

Et elle s'inquiétait à cette pensée que les péripéties
terribles du drame accompli la veille en pleine mer,
sous les coups de la tempête, au milieu des flots tour-
mentés, avaient pu momentanément ébranler le cerveau du jeune homme et obscurcir son intelligence
si lucide et si forte.

Le déjeuner s'acheva, singulièrement attristé, —
nous devons le dire, — par la bizarrerie inexplicable
des manières de Gaston.

Madame Castella avait hâte de se retrouver seule
avec son fils pour l'interroger au sujet du changement brusque survenu en lui, changement qu'elle ne
pouvait que constater, sans réussir à en deviner les
causes.

M. de Jessains prit congé de la marquise qui, cette
fois, ne songea même point à le retenir.

Blanche et son père allaient quitter la bastide
lorsque à la grande surprise du vieillard, et à celle
non moins grande de madame Castella, Gaston, qui
depuis un instant rougissait et pâlissait tour à tour,
sollicita de M. de Jessains, d'une voix que la plus
excessive agitation rendait tremblante, la permission
de le reconduire jusque chez lui.

— Croyez-vous donc que quelque nouveau danger

nous menace ? — demanda le vieillard en souriant
— et cherchez-vous une belle occasion de jouer votre
vie pour nous aujourd'hui, ainsi que vous l'avez fait
hier ?

— Certes, aucun danger n'est à craindre, — balbutia le jeune homme, — et je n'ai d'autre motif, en
sollicitant l'honneur de vous accompagner, que celui
de passer une heure de plus en votre compagnie.

— A Dieu ne plaise que je refuse à notre sauveur
une permission si simple ! — répliqua M. de Jessains.
— Venez donc avec nous, mon cher enfant, et si ma
fille se trouve un peu faible encore, ce qui serait
bien naturel, elle profitera de votre présence pour
s'appuyer sur un bras infatigable.

En écoutant cette dernière phrase, Gaston perdit
contenance et devint pourpre comme une pivoine
épanouie.

Par une bizarre coïncidence, le visage de mademoiselle de Jessains se colora en même temps d'un
rose vif.

Blanche embrassa une dernière fois madame Castella dont la perspicacité maternelle était décidément en défaut, et nos trois personnages se mirent
en route en suivant un sentier à peine indiqué qui
côtoyait les molles sinuosités de la plage.

Le ciel, sans un nuage et d'un azur éblouissant,
semblait une immense coupole de lapis-lazuli.

La Méditerranée, calme jusqu'à l'excès, se reposait sans doute, dans un sommeil profond, de ses terribles fureurs de la veille.

Sa surface à peine moirée, et paisible autant qu'un grand lac, brasillait au lontain sous les feux du soleil.

Les parcelles de mica, mêlées en très-grand nombre aux sables de la grève, étincelaient comme une poussière de diamants.

Gaston et M. de Jessains marchaient côte à côte.

Blanche les suivait à une distance de trois ou quatre pas, tout au plus.

A chaque seconde elle s'arrêtait pour ramasser un caillou transparent ou quelque léger coquillage poussé par le mistral bien au delà des dernières limites où venaient expirer les flots battus par les fortes tempêtes.

Le jeune homme et le vieillard n'échangeaient que des paroles rares, sans intérêt, sans liaison, sans suite.

Gaston semblait retombé dans le mutisme presque absolu dont il avait fait preuve à table, une heure auparavant.

Ses préoccupations inexplicables, ses distractions bizarres, s'emparaient de lui plus que jamais.

— Pourquoi donc a-t-il tenu si fort à m'accompagner, puisqu'il n'avait rien à me dire?... — se demandait M. de Jessains.

Et, naturellement, cette question restait sans réponse.

Tout à coup Blanche, qui venait de s'attarder à cueillir un bouquet de petites fleurs presque incolores et sans parfum croissant dans le sable, et qui prenait sa course pour se rapprocher de son père, — tout à coup Blanche, disons-nous, poussa un faible cri et s'arrêta chancelante !

M. de Jessains se retourna vivement.

Gaston devint pâle comme un suaire.

— Blanche, mon enfant, — demanda le vieillard d'une voix altérée, — qu'as-tu donc ?... que t'est-il arrivé ?...

— Rien, mon père... — répondit la jeune fille, — ce n'est rien...

— Bien vrai ?...

— Je vous l'affirme...

— Cependant, ce cri que tu viens de pousser ?...

— J'ai crié comme une sotte.

— Comme une sotte, soit !... — J'en conviendrai si tu le veux... cependant tu m'accorderas bien, j'imagine, que tu n'as pas crié absolument sans raison.

— Mon Dieu ! ma raison était si mauvaise que je suis honteuse d'en parler.

— Bonne ou mauvaise, je voudrais la connaître.

— Eh bien, j'ai voulu courir ; j'ai posé un pied à faux... j'ai éprouvé une légère douleur et je me suis

figuré sottement que je venais de me donner une entorse.

— Es-tu sûre de t'être trompée ?

— Oh !... tout à fait sûre... — Voyez plutôt.

Et, à l'exemple de je ne sais plus quel personnage
classique qui, pour prouver le mouvement se con-
tentait de marcher, Blanche fit quelques pas en
avant.

M. de Jessains fut aussitôt rassuré.

La jeune fille, il est vrai, n'avait point en ce moment toute la légèreté habituelle de sa démarche et
n'appuyait son pied sur le sable qu'avec une involontaire hésitation, mais enfin elle l'appuyait ce qui
lui eût été impossible en cas d'entorse ou même de
foulure.

Blanche s'était, en réalité, légèrement tordu la
cheville, et de cette torsion résultait une gêne locale
qui ne pouvait manquer de disparaître au bout de
quelques secondes.

— Tu avais raison, — reprit M. de Jessains, — ce
n'est rien, je le vois, ou du moins c'est fort peu de
chose. — Je crois néanmoins, ma chère enfant, que
tu ferais bien de t'asseoir pendant cinq minutes avant
de continuer notre route.

— M'asseoir !... A quoi bon ?

— Mais à reposer ton pied.

— Je n'éprouve plus la moindre douleur, et je me
sens de force à parcourir, séance tenante, un espace

bien autrement long que celui qui nous sépare de
notre demeure.

— Prends du moins mon bras, chère petite.

— Y songez-vous, bon père ? — s'écria Blanche
avec un geste charmant. — Vous fatiguer ainsi pour
moi, quand je n'ai nul besoin de soutien !... Jamais,
au grand jamais, je n'y consentirai !

— Eh bien ! — continua le vieillard en riant, —
puisque tu refuses le bras de ton père, je t'en offre
un autre plus jeune et plus fort... Monsieur Gaston, —
ajouta-t-il en se tournant vers son compagnon, — je
vous prie d'offrir votre appui à cette chère enfant, et
je la préviens que, cette fois, je n'admettrai de sa
part aucune résistance à ma volonté.

Gaston, s'élança

Blanche, silencieuse, les yeux baissés, très-émue
sans savoir pourquoi, appuya sa petite main sur le
bras un peu tremblant que lui tendait le fils du pros-
crit.

— Et maintenant, — reprit M. de Jessains d'un
ton de bonne humeur, — passez les premiers, mes
enfants, moi je ferme la marche... — c'est le devoir
de la vieille garde !

Blanche et Gaston se remirent en route d'un pas
si lent qu'on eût dit que tous deux, d'un commun
accord, cherchaient à prolonger cette situation qui
semblait cependant les gêner autant l'un que l'autre.

Ils ne se disaient pas un mot

Leurs yeux fixés sur le sable que leurs pieds allaient fouler, n'échangeaient pas un regard.

Blanche faisait tout ce qui dépendait d'elle pour effleurer le moins possible de sa main gantée et de l'étoffe de sa robe le poignet de Gaston.

Gaston ne faisait aucune tentative pour rapprocher de lui sa compagne.

C'eût été, je vous le jure, un bizarre spectacle de voir ce fier et beau jeune homme, muet et troublé, sans force, sans voix, sans volonté, auprès de cette enfant sauvée par lui la veille au péril de sa vie, et dont il avait pressé si longtemps le corps dans ses bras au-dessus de l'abîme entr'ouvert pour les dévorer tous les deux.

M. de Jessains respectait le silence de sa fille et du marquis, mais, par moments, il hochait la tête d'une façon significative et ses lèvres avaient un indéfinissable sourire.

Enfin fut franchie la distance qui séparait la bastide Castella de la Maison-Blanche.

Nos trois personnages arrivèrent au seuil de cette maison sans qu'une parole eût été prononcée par eux depuis le moment où mademoiselle de Jessains, pour obéir à son père, s'était appuyée sur Gaston.

— Mon cher enfant, — dit alors le vieillard à ce dernier, — nous avons été depuis hier, ma fille et moi, les hôtes de madame votre mère. — Soyez le nôtre au moins un instant, — entrez dans notre logis et reposez-vous.

Gaston ne se fit point répéter cette invitation. — Il franchit avec un indicible battement de cœur le seuil de la Maison-Blanche et il pénétra dans un petit salon plus que simple et à peine meublé, selon la coutume invariable des habitations garnies, ou plutôt dégarnies, mises à la disposition des baigneurs tout le long du littoral de la Méditerranée.

Sur un signe de son père, mademoiselle de Jessains sortit.

Aussitôt qu'elle eut quitté la pièce dans laquelle il se trouvait, Gaston reconquit comme par enchantement son entière liberté d'esprit et redevint aimable et brillant causeur.

Blanche reparut.

Elle apportait pour son hôte un flacon d'orangeade que ses mains charmantes venaient de préparer.

A l'instant même le jeune marquis retomba dans son silence et dans son trouble.

Il accepta néanmoins avec ravissement la boisson rafraîchissante que lui versait mademoiselle de Jessains, et nous croyons inutile d'ajouter qu'il trouva cette boisson délicieuse et mille fois supérieure au nectar tant vanté dont les dieux du vieil Homère faisaient leurs délices, au bon temps de l'antique Olympe.

La visite de Gaston à la Maison-Blanche fut d'ailleurs de courte durée.

Au bout d'une demi-heure d'un entretien vague, hésitant, à bâtons rompus, s'éteignant tout à coup pour ne se ranimer qu'à grand'peine, le jeune homme se retira, après avoir demandé la permission de revenir, si toutefois, — ajouta-t-il, — sa présence n'était une fatigue ni pour M. de Jessains, ni pour mademoiselle Blanche.

Cette dernière rougit beaucoup et garda le silence.

— Vous serez toujours le bienvenu, mon enfant, — répondit le vieillard, — revenez donc nous voir aussi souvent que vous le voudrez, — vous trouverez ici l'accueil et le cœur d'un père qui n'oubliera jamais qu'il vous doit sa vie, et, bien plus encore, la vie de sa fille adorée...

En quittant la Maison-Blanche, Gaston chemina lentement d'abord.

Bientôt, à son insu, son pas s'allongea et son allure devint rapide.

Puis enfin, et toujours sans le savoir, lorsqu'il eut franchi environ la moitié de la distance, il se mit à courir au lieu de marcher, et sa course s'accéléra de minute en minute dans des proportions invraisemblables.

Bref, au moment où il fit une entrée impétueuse dans le salon de la bastide Castella, il était haletant, à demi suffoqué par la vitesse prodigieuse et insensée de sa course, et la sueur ruisselait sur son visage.

Depuis la terrasse du jardin la marquise l'avait vu venir de loin et, tout au fond de son âme maternelle, elle sentait redoubler cette inquiétude dont nous avons déjà parlé.

— Mon Dieu, — se disait-elle tout bas avec un frémissement involontaire, — mon Dieu, mais qu'a-t-il donc?... — on dirait que son bon sens habituel l'abandonne... on dirait que la folie s'empare de lui.

Et cette pensée de la folie possible, cette pensée fatale et poignante, elle s'efforçait vainement de la chasser...

Sans cesse elle revenait s'imposer, plus forte et plus impérieuse.

II

BLANCHE ET GASTON

Gaston se laissa tomber sur un siége et, d'une main fiévreuse, essuya son front ruisselant.

La marquise s'approcha de lui. Elle appuya doucement son mouchoir sur ses tempes baignées de sueur, et, répétant tout haut ce qu'elle venait de se dire tout bas à elle-même, elle murmura :

— Gaston, mon enfant, qu'as-tu donc? Evidemment un grand désordre règne dans ton esprit depuis ce matin. — A quel sujet cette agitation que je ne puis comprendre? En vérité, tu m'inquiètes. — Explique-moi donc, je t'en supplie, ce qui se passe en toi !

— Ce qui se passe en moi... ma bonne mère ! —

2.

répéta le jeune homme, — vous voulez le savoir?

— Oui, je le désire... je le veux.

— Ne l'avez-vous pas deviné?

— Non, mais tu vas me l'apprendre.

— Vous souvenez-vous d'un jour, éloigné de nous déjà, où, à propos du désir témoigné par vous de me voir songer au mariage, je vous disais à peu près ceci : — *Les mariages, du moins on l'affirme, sont écrits dans le ciel. Si cela est vrai, comme je le crois, la volonté céleste m'enverra tôt ou tard, dans notre solitude, la femme qui m'est destinée...* — Vous souvenez-vous de cela, ma mère?

— Parfaitement. Mais à quoi donc en veux-tu venir? — demanda madame Castella, qui, sans vouloir l'avouer, commençait à comprendre, ou du moins à deviner la pensée de Gaston.

— J'en veux venir à vous annoncer la réalisation de l'événement prédit par moi et qui vous semblait douteux alors... — La Providence vient d'accomplir sa tâche en se servant d'une tempête et d'un grand péril pour me présenter celle qui doit partager ma vie.

— Eh quoi ! — s'écria la marquise, — mademoiselle Blanche de Jessains...

— Je l'aime... ma mère... je l'aime!... — interrompit Gaston. — Ne serez-vous point heureuse de la nommer votre fille?

— Heureuse !... oh! oui, bien heureuse! — ré-

pondit madame Castella sans hésitation, — car je
crois que l'âme et le cœur de cette jeune fille sont
charmants comme son visage... Mais Blanche est
une enfant encore...

— Elle a plus de quinze ans, ma mère. — A quinze
ans l'enfant devient jeune fille...

— Son père la trouvera trop jeune... sans doute...
pour la marier maintenant...

— J'attendrai s'il faut attendre, — et je n'aurai
pas moins de patience que d'amour...

— Cet amour dont tu parles, est-il bien sérieux, est-il bien profond ?... — Ne te trompes-tu
pas toi-même sur la nature du sentiment que tu
éprouves?

— Oh! ma mère! — murmura Gaston d'un air
presque indigné.

— Blanche de Jessains mérite d'être adorée, —
eh! mon Dieu, j'en conviens de tout mon cœur, —
reprit la marquise, — mais enfin... tu la connais à
peine... — tu l'as vue hier pour la première fois.

— Et pour la première fois aussi j'ai senti battre
mon cœur! — Il ne faut qu'un instant à la foudre
pour éclater et pour embraser. L'amour est comme
le tonnerre, il frappe en un instant? Croyez-moi
donc, ma mère, car, je vous le répète et je vous le
jure, j'aime Blanche de Jessains, je n'aimerai jamais
qu'elle seule et je l'aimerai toute ma vie.

— Madame Castella (hâtons-nous de l'affirmer à nos

lecteurs) ne demandait pas mieux que d'ajouter une foi complète aux affirmations de son fils.

Le nom de M. de Jessains lui était connu de longue date.

Elle savait que la famille de ce gentilhomme comptait parmi les plus anciennes du midi de la France et que lui-même avait fourni une longue carrière maritime, très-honorable et entourée de l'estime et du respect de tous.

Elle ignorait, à la vérité, le chiffre exact de sa fortune.

Il se pouvait faire que cette fortune fût relativement modeste, et la simplicité de l'installation du père et de la fille à la Maison-Blanche rendait cette supposition presque vraisemblable, quoique M. de Jessains eût parlé des biens assez considérables qu'il possédait.

Mais, dans les contrées méridionales, de vastes domaines rapportent souvent fort peu de chose...
— Tel pouvait être le cas.

Ceci, du reste, semblait à madame Castella chose de médiocre importance.

Gaston ne devait-il point avoir après elle cent mille livres de rente ?...

N'était-elle point d'ailleurs parfaitement décidée à le mettre en jouissance sur-le-champ de la plus grande partie de ce magnifique revenu ?

Donc, il était assez riche pour deux, et la fortune

plus ou moins grande de la jeune fille à laquelle il donnerait son cœur ne pourrait raisonnablement devenir un obstacle à un mariage, rendu désirable par la réunion de toutes les autres convenances.

Nous savons déjà que madame Castella se croyait destinée à une fin prochaine.

L'essentiel pour elle, le grand point, la chose capitale, était donc de voir, avant de mourir, son fils heureux époux d'une femme aimée, et père de beaux enfants en qui revivrait le sang et le nom des Castella.

En conséquence, la marquise avait hâte.

De son côté, et en sa qualité d'amoureux, Gaston ne se piquait point de patience.

Il pressa donc tant et si bien sa mère, qu'il triompha bien vite de sa résistance assez peu sérieuse, qui d'ailleurs ne portait que sur la trop grande promptitude d'une démarche décisive, et, dès le lendemain, il la conduisit triomphalement à la Maison-Blanche.

M. de Jessains s'attendait à cette visite.

Mieux que madame Castella il avait compris, la veille, toute la profondeur de l'impression produite par sa fille sur le cœur de Gaston.

Aussi n'éprouva-t-il aucun étonnement quand il entendit la marquise formuler sa requête.

— Avant de répondre à la demande que vous venez de me faire l'honneur de m'adresser, madame,

—dit-il,—ma loyauté m'impose la loi de vous apprendre que la fortune sur laquelle Blanche peut compter est bien loin d'être égale à celle que le bruit public vous attribue...— On prétend que vous êtes deux ou trois fois millionnaire, madame la marquise, et c'est tout au plus si Blanche, après moi, possédera douze ou quinze mille livres de rente... Vous voyez que c'est bien peu.

— Eh! monsieur, — répondit madame Castella avec une dignité parfaite et un charmant sourire, — que nous importe cela?... — De semblables questions d'intérêt n'existent ni pour mon fils ni pour moi... — c'est l'honneur de votre alliance que nous sollicitons, c'est la main de mademoiselle Blanche que nous désirons obtenir, et nous ne songeons guère à nous inquiéter du plus ou moins d'or que peut contenir cette main.

Le parti qui s'offrait à M. de Jessains pour sa fille était brillant, inespéré, et dépassait de beaucoup les rêves les plus ambitieux de son cœur paternel.

Il n'accorda néanmoins son consentement qu'à la condition expresse qu'un délai de plusieurs mois s'écoulerait avant la célébration du mariage, — célébration qui ne devait avoir lieu qu'au jour où Blanche accomplirait sa dix-septième année.

M. de Jessains, en homme sage, voulait laisser à sa fille le temps de compléter ce développement physique et moral qui permet à la fiancée, devenant épouse, de supporter les épreuves du mariage et les fatigues de la maternité.

Madame Castella, — nous le savons, — avait prévu qu'une telle condition serait imposée.

Elle ne chercha donc point à la combattre, et elle l'accepta au nom de Gaston, qui, seul dans une pièce attenante au petit salon de la Maison-Blanche, attendait avec une impatience et une anxiété faciles à comprendre le résultat de l'entretien de sa mère et de M. de Jessains.

Un instant après, les jeunes gens, désormais fiancés, se promenaient la main dans la main, sous les yeux attendris des deux vieillards, sur le sable doux et fin de la plage, au bord de cette mer à présent si calme et qui, si peu de temps auparavant, avait failli les réunir dans la mort.

« *Le bonheur ne se raconte pas !* » affirme un antique adage, dont nous sommes bien loin de contester la sagesse inattaquable.

Nous ne dirons donc rien des quinze ou seize mois qui s'écoulèrent entre le jour des fiançailles et celui du mariage.

Les détails dans lesquels nous pourrions entrer n'apprendraient rien de nouveau à nos lecteurs, et d'ailleurs les chastes délices, les innocentes joies d'un premier et pur amour, ne sauraient avoir d'historien digne d'elles.

Gaston et Blanche, presque sans cesse ensemble,

tantôt à la Maison-Blanche, tantôt à la bastide Castella,
tantôt enfin dans les propriétés de M. de Jessains, où
la marquise et son fils allaient de temps en temps
passer quelques jours, — Gaston et Blanche, disons-
nous, furent heureux d'un de ces bonheurs complets
et sans nuage, que les anges eux-mêmes doivent
envier au sein des joies paradisiaques.

Quiconque a mouillé sa lèvre à la coupe d'un
tel bonheur n'a plus le droit de se plaindre des soucis,
des chagrins, des douleurs que l'existence peut lui
garder encore.

Il a eu sa part de félicité en ce monde.

Le délai fixé s'écoula, — non point lentement et à
pas de tortue, ainsi que Gaston l'avait craint d'abord,
— mais avec la rapidité de l'éclair.

Le jour du mariage arriva.

Jamais fiancés plus beaux, plus charmants, plus
épris l'un de l'autre, ne marchèrent à l'autel.

De dix lieues à la ronde on accourut pour voir ce
couple adorable pencher son front sous la bénédic-
tion du prêtre.

Les poëtes et les peintres peuvent s'unir pour rêver
un idéal de la beauté mâle et de la grâce féminine.

Leur idéal ne saurait atteindre à la perfection quasi-
divine de cette réalité vivante qui s'appelait Blanche
et Gaston.

Pendant les deux années qui suivirent leur mariage,
les jeunes époux n'eurent pas l'idée de s'éloigner, ne

fût-ce que pour quelquesjours, de la bastide Castella.

Cette riante maison, placée avec sa ceinture ver-
doyante entre l'azur du ciel et l'azur de la mer, leur
semblait un Eden véritable et remplaçait pour eux
l'univers.

Sans doute ces lieux charmants, où, mieux que
partout ailleurs, il leur était possible et facile de
s'isoler dans leur amour, auraient vu prolonger pendant bien longtemps encore une interminable lune de
miel, lorsqu'un coup d'autant plus cruel qu'il était
inattendu, vint frapper la jeune marquise au milieu
de son bonheur.

M. de Jessains, depuis une semaine, était l'hôte de
la bastide Castella.

Jamais il n'avait paru jouir d'une santé plus floris-
sante, — jamais il n'avait porté plus gaillardement le
poids léger de sa verte vieillesse.

Par une de ces soirées tièdes et lumineuses qui sont
si belles en Provence, M. de Jessains et madame Castella marchaient à pas lents sur la plage, en se donnant le bras.

Le gentilhomme soutenait la douairière, qui, bien
que plus jeune que lui, semblait de beaucoup son
aînée.

Blanche et Gaston s'en allaient en avant, les mains
entrelacées, et se parlant tout bas, comme de véritables amoureux qu'ils étaient encore, qu'ils étaient
plus que jamais.

II.   3

Tout à coup madame Castella fit entendre une sourde exclamation d'étonnement et de terreur.

En même temps elle balbutiait, d'une voix à peine distincte :

— Mon! Dieu ! mon ami, qu'avez-vous?

Elle venait de sentir le bras sur lequel elle s'appuyait trembler et se dérober sous sa main.

L'exclamation de la marquise fit retourner Blanche et Gaston.

Ils crurent rêver tous les deux en voyant le vieillard chanceler, frapper l'air de ses bras, tomber lourdement à la renverse et rester étendu dans un état d'effrayante immobilité.

Un cri déchirant s'échappa des lèvres de Blanche qui courut, ou plutôt qui bondit jusqu'auprès de son père, à côté duquel elle s'agenouilla.

Hélas! elle l'appela vainement ! — Vainement elle lui prodigua les noms les plus doux, touchants souvenir du naïf et charmant langage de son enfance !...

— Vainement elle couvrit ses deux mains de baisers et de larmes en le suppliant de se relever.

M. de Jessains ne pouvait plus entendre la voix adorée de sa fille.

Son corps seul restait sur la terre... — son âme était partie.

Une attaque d'apoplexie foudroyante venait de le terrasser et de le laisser sans vie sur le sable...

Gaston, sans perdre une minute, monta à cheval et courut chercher des médecins.

Ils arrivèrent pour constater le décès de M. de Jessains et pour donner des soins à Blanche, qu'une fièvre violente venait de saisir.

La jeune femme ne s'était jamais séparée de son père jusqu'à l'époque de son mariage.

Elle éprouvait pour lui la tendresse filiale la plus ardente qui puisse remplir un cœur bien placé.

Cet événement terrible, que rien ne faisait prévoir, cette mort arrivant sous ses yeux et changeant soudain en cadavre un corps qui semblait rempli de force et de vie quelques secondes auparavant, venaient d'ébranler d'une façon dangereuse l'organisation un peu frêle de la pauvre Blanche.

Pendant bien des jours, son état fut de nature à inspirer les plus sérieuses inquiétudes.

Gaston passait les nuits au chevet de sa femme bien-aimée, et se sentait devenir fou en songeant qu'il pouvait la perdre.

Madame Castella partageait les angoisses si légitimes et le désespoir de son fils qu'elle s'efforçait inutilement de ranimer et de rassurer.

Enfin Dieu eut pitié de la mère et du fils.

Un mieux sensible se déclara, — le péril disparut et la convalescence commença.

Blanche était sauvée, mais les médecins déclarèrent à Gaston qu'il leur semblait urgent, pour éviter une rechute, de faire quitter la Provence à la jeune femme, aussitôt qu'elle serait en état de voyager, et de l'emmener bien loin des lieux où elle venait de recevoir un coup si terrible.

Gaston ne pouvait hésiter à suivre cette ordonnance.

Il tint conseil avec sa mère.

— Où irons-nous ? — lui demanda-t-il.

— C'est à Paris, du moins je le crois, cher enfant, — répondit la marquise, — qu'il faut d'abord mener ta femme ; c'est là surtout que les distractions dont tu l'entoureras pourront sinon effacer, du moins atténuer un cruel souvenir. — Partages-tu cette opinion ?

— Entièrement. — D'ailleurs, à Paris comme en tout autre lieu, je me trouverai bien, pourvu que Blanche soit avec moi... Blanche et vous, car vous nous accompagnerez, n'est-ce pas, ma mère bien-aimée ?

— En peux-tu douter ? — Est-ce qu'il me serait possible de vivre si je n'avais auprès de moi mes deux enfants ?

Un mois environ après le jour où venaient de s'échanger les paroles qui précèdent, madame Castella et le jeune ménage partaient pour la grande cité.

Blanche, faible et languissante encore, quoique remise d'une façon à peu près complète, avait besoin d'air et de soleil.

On était alors au commencement de l'automne.

Gaston chercha sans retard une habitation qui pût réunir les avantages de la campagne à ceux de la ville.

On lui indiqua la Folie-Normand, la perle des coteaux d'Auteuil.

Il alla visiter cette demeure enchanteresse ; il en fut ravi, et, malgré le chiffre très-élevé de la location, il se décida à traiter séance tenante avec le propriétaire et il installa sa famille.

L'hiver arriva.

Gaston se proposait de louer, dans l'intérieur même de Paris, un vaste appartement ou un petit hôtel pour sa mère et pour sa femme.

Mais la marquise et Blanche déclarèrent qu'elles préféraient de beaucoup ne point quitter Auteuil, et que la saison rigoureuse ne les effrayait ni l'une ni l'autre dans cette délicieuse solitude.

Ceci nous explique la présence de la douairière et du jeune ménage à la Folie-Normand, au moment du drame nocturne que nos lecteurs n'ont peut-être pas oublié.

Nous allons nous occuper maintenant des conséquences inattendues de ce drame.

III

BIJOUTE

Les renseignements donnés au rétameur par le mendiant étaient parfaitement exacts.

Pictonpain, la veille du jour où devait avoir lieu la tentative de vol avec effraction et escalade, se trouvait auprès de la grille de la Folie-Normand, au moment du départ de la chaise de poste dans laquelle s'éloignaient Gaston et Blanche.

Les deux jeunes gens, accompagnés d'un valet de chambre et d'une femme de chambre, partaient pour un voyage qui devait durer plusieurs semaines.

Ils avaient déjà fait quinze lieues lorsque le soir, à la couchée, Gaston s'aperçut que son passe-port était resté à Auteuil entre les mains du cocher chargé d'aller commander les chevaux de poste.

Continuer le voyage sans passe-port, à une époque où les autorités départementales se montraient souvent très-exigeantes et fort tracassières, c'était s'exposer aux ennuis les plus graves.

Donc, il ne fallait point y penser.

Ecrire à la marquise douairière pour se faire envoyer le précieux papier semblait le moyen le meilleur et le plus sûr.

Gaston y songea.

Mais il devenait indispensable d'attendre trois jours la réponse de madame Castella, dans une auberge de petite ville.

C'était grave !

Le jeune homme consulta Blanche et tous deux décidèrent qu'il valait infiniment mieux revenir sur ses pas et retourner en personne chercher à Auteuil le passe-port oublié.

En conséquence le lendemain, dans l'après-midi, au grand étonnement et à la grande joie de la marquise, le couple voyageur était de retour à la Folie-Normand, avec l'intention de n'en repartir qu'au bout de vingt-quatre, et peut-être même de quarante-huit heures.

Pictonpain avait vu le départ, mais il n'assistait point au retour qui devait lui rester et qui en effet lui resta complétement inconnu.

Cette ignorance fut cause, nous le savons, de l'écroulement absolu des projets sinistres des deux complices, de la mort foudroyante du rétameur, et de la blessure de Bijoute.

Les balles des pistolets de Gaston ayant fait justice de l'un des misérables et l'autre ayant pris la fuite, la petite fille, l'enfant de la bohémienne Mirza, adoptée par le faux cul-de-jatte, reste seule en scène, et c'est d'elle que nous allons nous occuper présentement.

Ainsi que nous l'avons dit dans l'un des précédents chapitres, une des balles avait effleuré l'épaule de Bijoute, en traçant dans la chair un sillon sans profondeur.

Malgré l'évanouissement immédiat, et malgré la perte de sang très-abondante, la blessure ne semblait point susceptible d'amener à sa suite un danger réel.

Ce fut l'avis du médecin que Blanche envoya chercher et qui déclara de la façon la plus positive que la guérison serait prompte.

Le docteur comptait sans une violente fièvre nerveuse qui se déclara au moment même où l'enfant sortit de son évanouissement et qui fut accompagnée d'un délire d'une nature étrange.

Dans ce délire effrayant à voir, et qui par moments ressemblait beaucoup à des accès de folie furieuse, Bijoute se trouvait évidemment sous le coup d'une immense terreur.

Sans doute, les tableaux les plus terribles, les visions les plus formidables, prenaient naissance dans son cerveau brûlant et se déroulaient devant ses yeux troublés par les ardeurs de la fièvre.

Tantôt elle se rejetait avec impétuosité dans la ruelle de son lit, en balbutiant des plaintes sourdes, en poussant des cris inarticulés, tandis que l'effarement de ses regards et la prodigieuse dilatation de ses prunelles exprimaient une épouvante surhumaine.

Tantôt elle se débattait sur son lit en gémissant, comme si de brutales étreintes meurtrissaient douloureusement ses membres délicats.

Tantôt enfin, arrivée au paroxysme de ces crises, elle voulait se précipiter hors de sa couche et fuir un péril imaginaire ; — ses cris alors devenaient aigus et prenaient le caractère d'un inexprimable désespoir.

En de tels moments, la femme de chambre de Blanche était obligée d'user de toute sa vigueur pour maintenir cette enfant si frêle et qu'un souffle un peu fort semblait devoir renverser.

Blanche fit mander le docteur en toute hâte pour la seconde fois.

Il accourut, et un brusque revirement sembla s'opérer tout aussitôt dans ses opinions rassurantes ; il hocha la tête d'un air de mauvais augure, tandis que ses doigts interrogeaient la veine de la petite fille, et à deux ou trois reprises il répéta :

3.

— Diable ! diable ! diable !

— Est-ce que vous êtes inquiet, docteur ? — demanda vivement la jeune femme.

— Formellement inquiet, madame la marquise.

— Cependant, la nuit dernière, vous aviez déclaré que la blessure était peu de chose.

— Je l'ai dit et je le répète, — la blessure n'est rien, mais la fièvre est beaucoup ! — Je ne m'attendais point, je l'avoue, à cette exaltation prodigieuse qui me fait redouter une congestion au cerveau.

— J'espère bien, cependant, que tout espoir n'est pas perdu ! — s'écria Blanche. — Docteur, je vous en supplie, rassurez-moi.

— Vous êtes mille fois trop bonne en vérité, madame la marquise, de porter un semblable intérêt à ce petit gibier de potence ! — Il n'y a jamais rien de bon à attendre de ces enfants de voleurs et d'assassins ! — *Mauvais sang ne peut mentir !*

— Eh ! docteur, est-ce la faute de cette pauvre petite si ses parents sont des misérables ? — Est-elle coupable d'une complicité qu'elle ignore, qu'elle ne peut comprendre ? — Enfin, quoi qu'il en soit, je m'intéresse très-vivement à elle, et je vous demande de me rassurer.

— Eh bien, madame la marquise, le cas est très-grave. — Nous sauverons peut-être la malade, mais je ne réponds de rien, car je n'ai aucune certitude.

— Enfin, vous ordonnez quelque chose, n'est-ce pas ?

— Une seule chose.

— Laquelle ?

— De la glace sur le front, sans cesse. — S'il existe un moyen d'empêcher la congestion au cerveau, c'est la glace qui nous donnera ce résultat.

La jeune marquise fit monter immédiatement un homme à cheval, avec ordre de rapporter de Paris la plus grande quantité de glace dont il lui serait possible de se charger.

Une fois en possession de cette glace, elle s'installa au chevet de Bijoute et elle veilla jour et nuit à ce que la prescription du docteur fût exécutée avec un soin religieux.

Par la force des choses le voyage projeté, et qui déjà avait reçu un commencement d'exécution, se trouvait indéfiniment remis.

Au bout de deux jours les soins assidus et le dévouement infatigable de la jeune marquise reçurent leur récompense.

La fièvre céda peu à peu, — le délire disparut, — laissant à leur suite un état d'atonie physique et morale absolue.

Le docteur revint et il déclara de la façon la plus solennelle que désormais le danger n'existait plus.

Cette fois, — hâtons-nous de le dire, — il ne se trompait pas.

Blanche Castella venait, en sauvant Bijoute, d'accomplir un vrai miracle !...

Nous saurons comment l'avenir devait récompenser cette bonne action.

La jeune marquise se sentit heureuse, oh! bien heureuse, lorsque les affirmations du médecin eurent dissipé ses dernières inquiétudes.

Elle tressaillit d'une joie profonde quand, pour la première fois, elle vit la petite fille s'endormir d'un calme sommeil, bien différent de la somnolence agitée des nuits précédentes.

Une respiration paisible et régulière soulevait la poitrine de l'enfant.

Ses longs cils formaient une frange de velours à ses paupières abaissées.

Son visage, d'une beauté tout à la fois si fine et si bizarre, ce visage d'une coupe orientale et d'une pâleur chaude et transparente, se détachait merveilleusement au milieu de la splendide chevelure dénouée dont les masses sombres étaient éparses sur l'oreiller.

— Mon Dieu, — se dit madame Castella en se penchant pour déposer un baiser sur le front de Bijoute, — mon Dieu, que cette enfant est belle!...

Ce même jour, et tandis que Blanche se félicitait du triomphe qu'elle venait de remporter sur la maladie, le commissaire de police d'Auteuil se présentait à la Folie-Normand et faisait demander à Gaston un entretien particulier.

Le jeune marquis s'était trouvé en rapport avec

ce magistrat pendant la nuit du crime et le jour suivant; — il n'avait eu qu'à se louer de son urbanité, de son intelligence et de son zèle.

Il s'empressa donc de le recevoir et il le pria de lui apprendre à quelle heureuse circonstance il devait rendre grâce de sa visite inattendue.

— Monsieur le marquis, — répondit le commissaire, — je viens m'entretenir avec vous de l'enfant qui se trouve en ce moment sous votre toit.

— Cette enfant, peut-être le savez-vous, — fit Gaston, — vient d'être très-dangereusement malade à la suite de la blessure constatée par vous et qui semblait sans gravité...

— Je sais cela, monsieur le marquis, et je sais aussi que, grâce aux soins assidus et à l'angélique bonté de madame la marquise, le danger n'existe plus... — dit le commissaire.

— Qui donc vous a si promptement instruit?

— Le docteur, que je viens de rencontrer.

— Ah! — fit Gaston en souriant, — s'il en est ainsi, tout s'explique... — Et, sans doute, le docteur est bien fier de sa cure?

— Le docteur rend à César ce qui est à César, — il m'a déclaré nettement que, sans madame la marquise, à l'heure qu'il est l'enfant serait morte.

— Un médecin modeste!... — s'écria joyeusement le jeune homme, — *rara avis!*

Le commissaire accueillit cette plaisanterie par un éclat de rire.

— L'exception fortifie la règle, monsieur le marquis!... — fit-il ensuite.

Gaston reprit :

— Enfin, monsieur, avez-vous obtenu quelques renseignements utiles sur la famille de cette pauvre enfant?

— Non, monsieur le marquis... — Les informations sans nombre que j'ai fait prendre ne m'ont appris rien de positif. — Les moyens de contrôler des déclarations incohérentes et des rumeurs contradictoires me font absolument défaut.

— Enfin, il est positif, n'est-ce pas, que la petite fille vivait avec le malfaiteur que j'ai tué en flagrant délit?

— Oh! ceci n'est pas un instant douteux; ce misérable passait même pour son père. — L'était-il en effet?... Voilà ce que je ne saurais dire.

— D'où venait cet homme?

— On l'ignore... — Un beau jour il est arrivé dans le pays et, comme il simulait habilement une infirmité grave, comme il semblait tout à fait inoffensif et qu'il demandait en apparence au travail ses moyens d'existence, personne n'a songé à s'inquiéter de lui et à s'enquérir de son passé. — Moi-même, — et c'est un tort sans doute, — j'ai négligé de le faire appeler devant moi pour l'interroger.

— Et l'on n'a rien trouvé chez lui qui puisse servir de point de départ à de nouvelles recherches?

— Rien absolument... — aucun papier, aucun objet suspect, et pas la moindre somme d'argent... — Le dénûment de sa demeure était absolu... — Dans la cahute qu'il habitait il n'y avait pas même de lit...

— Sur quoi couchaient donc ce malheureux et la petite fille?

— Sur un amas de paille et de roseaux pourris.

Gaston fit un geste de pitié.

Le commissaire de police poursuivit :

— Bref, je viens vous demander, monsieur le marquis, quand il vous conviendra de remettre l'enfant entre mes mains, et je pense qu'il vous sera fort agréable d'être débarrassé le plus tôt possible de ce rejeton d'une vilaine race.

Au lieu de répondre, Gaston questionna.

— Que ferez-vous de cette pauvre créature? — demanda-t-il.

— Oh! rien n'est plus simple... — Je la ferai enfermer dans une maison de jeunes détenues jusqu'à l'âge de dix-huit ans.

— Une prison?

— Une maison de correction, ce qui est à peu près la même chose.

— Mais elle n'est pas coupable.

— Assurément.

— Alors, pourquoi punir?

— Il ne s'agit point ici de punir.

— De quoi s'agit-il donc?

— De prévenir... — Certes, l'enfant ne saurait encourir la responsabilité des crimes auxquels on l'associait... mais tenez pour certain, monsieur le marquis, que son cœur est vicié déjà et qu'elle n'a dans l'âme que de mauvais instincts.

— Voilà ce qu'il me semble impossible d'admettre. — L'enfant d'un scélérat, selon moi, peut être honnête.

— Oui, sans doute... mais à la condition que cet enfant sera élevé honnêtement et qu'on cherchera par tous les moyens à détruire ses mauvaises et dangereuses tendances. — Or, dans la maison de jeunes détenues, la petite fille ne recevra que de bons conseils et apprendra un métier qui lui permettra de vivre honorablement plus tard, quand elle sera rentrée au sein de la société.

— Vous avez raison, je le comprends, mais, malgré moi, cette longue détention d'une enfant me semble cruelle.

— Cruelle, peut-être, mais à coup sûr indispensable !... — Que pouvons-nous faire, je vous le demande, d'une petite fille abandonnée et sans parents connus?

— Si elle avait des parents proches ou éloignés, la situation serait donc différente?

— Oui, si toutefois ces parents n'étaient pas des gens sans aveu, et s'ils réclamaient l'enfant...

— On la leur donnerait?

— A l'instant même.

— Ce droit de réclamation appartiendrait-il également à des étrangers?

— Sans aucun doute, si ces étrangers avaient une position honorable, une bonne réputation, et s'ils s'engageaient à veiller sur l'orpheline et à la mettre à même de gagner sa vie, — mais, dans les présentes circonstances, il me semble impossible de trouver quelqu'un disposé à faire preuve d'une aussi folle générosité.

— Malheureusement, je le crois comme vous.

— Soyez persuadé, d'ailleurs, monsieur le marquis, que la petite fille sera tout à fait à sa place dans la maison où je l'enverrai... — Quand vous convient-il que je vienne la prendre?

— Il m'est impossible de répondre à l'instant même à cette question.

— Pourquoi donc?

— Parce qu'il faut avant tout que je cause avec ma femme, à qui la malheureuse enfant inspire un vif intérêt. — Le danger n'existe plus, c'est vrai, mais la convalescence commence à peine et sera peut-être longue.

— Je ne me permettrai point d'insister, monsieur le marquis; je laisserai madame la marquise achever sa bonne œuvre, et j'attendrai, pour emmener l'enfant, l'époque que vous fixerez vous-même...,

— Epoque dont j'aurai l'honneur de vous informer personnellement, — répondit le jeune homme.

Le commissaire de police salua, prit congé et fut reconduit jusqu'à la grille de la Folie-Normand par Gaston, qui, tout en revenant, se disait :

— En prison !... ah ! pauvre petite !... — Il y a des gens en ce bas monde qui ne naissent que pour le malheur !...

La jeune marquise Castella, debout auprès de l'une des fenêtres de la chambre où reposait l'enfant malade, suivait des yeux son mari revenant à la maison après avoir reconduit le visiteur jusqu'à la grille.

— Gaston, — lui demanda-t-elle, — aussitôt qu'il fût venu la rejoindre, — quel était donc cet homme noir que tu quittes à l'instant?

— C'était le commissaire de police de la commune d'Auteuil, — répondit le jeune mari.

Est-ce que, par hasard, nous serions menacés d'une nouvelle attaque nocturne? — s'écria madame Castella. — Oh! d'abord, moi, je ne suis pas brave, et je t'avertis que je mourrais de frayeur si cette horrible nuit devait se renouveler...

— Rassure-toi, chère Blanche, — répliqua Gaston en souriant, — il ne s'agit de rien de semblable... — Aucune agression n'est à craindre, et tu peux t'endormir dans une paix profonde...

— Mais alors, ce commissaire de police, que voulait-il?

Gaston répéta presque textuellement sa conversation avec l'honorable magistrat, conversation mise par nous sous les yeux de nos lecteurs dans les pages précédentes.

Blanche poussa les hauts cris en apprenant que sa petite protégée était réclamée par le commissaire, et qu'une maison de détention allait s'ouvrir pour elle.

Gaston essaya de la calmer par toutes sortes de raisonnements très-logiques, mais il échoua de la façon la plus complète.

— Oui, c'est une infamie! — répétait la jeune femme avec une véhémence toujours croissante. — Il est injuste, il est abominable d'enfermer dans une prison ce pauvre ange, cette chère enfant qui n'a commis aucune faute, puisqu'elle ne pouvait refuser d'obéir aux ordres d'un scélérat qui la brutalisait sans doute... qui l'aurait tuée peut-être en cas de refus... — Je ne puis supporter la pensée d'une cruauté si grande, à laquelle je m'oppose de toutes mes forces...

— Eh! chère amie, — murmura Gaston, quand ce torrent d'indignation se fut écoulé, — je t'en supplie, réfléchis un peu...

— A quoi veux-tu que je réfléchisse?

— Cette pauvre petite fille, que je plains comme

toi du plus profond de mon cœur, est orpheline,
toute seule au monde, ou du moins elle n'a pas de
parents connus...

— Eh bien ?

— Que peut-elle devenir?... — Ne faut-il pas que
l'État remplace la famille qui lui manque?...

— Soit, mais où est la nécessité d'enfermer cette
enfant dans une maison de détention jusqu'à l'âge
de dix-huit ans?

— Cette enfant vivant depuis sa naissance avec
des scélérats, on est en droit de supposer chez elle
des instincts pervers, développés par des exemples
infâmes...

— Suppositions purement gratuites et qui me révoltent!... — Avec ce doux visage, avec ces yeux
charmants, on ne saurait avoir qu'une angélique
nature... — Si quelque chose peut perdre cette petite, c'est la prison dont on la menace, c'est le contact
de cette foule de détenues auxquelles elle se trouvera mêlée. — Gaston, mon ami, je t'en supplie, ne
permets pas qu'il en soit ainsi... — ne laisse pas
consommer ce crime!

— Eh! comment puis-je l'empêcher?

— De la façon la plus simple : en usant du droit
qui appartient à tous les gens honorables et dont le
commissaire de police t'a parlé! — Déclare que ta
volonté est de garder la petite fille, et que tu te
charges de veiller sur elle et d'assurer son avenir.

— Garder cette petite fille! — s'écria le jeune marquis stupéfait. — Blanche, chère Blanche, y songes-tu?

— Oui, certes, j'y songe... car je l'aime. Elle m'inspire le plus profond, le plus tendre intérêt, et je te demande au nom de notre amour, de ne pas me séparer d'elle. — Te sentiras-tu le courage, mon ami, de repousser une telle prière?

— Tes prières, tu le sais bien, sont des ordres pour moi... — Je ne sais rien te refuser... mais j'ai peur...

— De quoi?

— Des conséquences fâcheuses qu'entraînera peut-être à sa suite l'adoption que tu sollicites...

— Je ne te comprends pas... — Quelles sont les conséquences dont tu parles?

— D'abord, nous pouvons avoir des enfants...

— Eh bien, qu'importe? — Je n'en aimerai pas moins la pauvre orpheline... — Elle sera la sœur de nos enfants, leur sœur aînée...

— Soit... mais rien ne nous prouve que cette petite, née de parents coupables et profondément dépravés, n'aura pas reçu d'eux, comme un héritage funeste, une nature perverse et rebelle.

— Eh! mon ami, ne voit-on pas souvent les fleurs les plus belles et les plus pures éclore et se développer dans la fange qui couvre leurs racines? — D'ailleurs à force de tendresse, de douceur, de soins vigilants, je corrigerais les instincts mauvais, je triom-

pherais de la nature rebelle !... — Mon ami, mon Gaston, permets-moi de ne point laisser mon œuvre
incomplète. — J'ai sauvé la vie de cette enfant, le
médecin l'a dit et tu me l'as répété ; donne-moi le
pouvoir, cent fois plus précieux encore, de sauver
aussi son âme.

— Tu le veux ?

— Je t'en conjure.

— Eh bien, chère Blanche, que ta volonté soit
faite.

— Tu consens ?... — s'écria la jeune femme avec
une exclamation de joie.

— Oui, je consens.

— Ah ! que tu es bon et que je t'aime ! — balbutia
Blanche en jetant ses bras autour du cou de son
mari et en l'embrassant à vingt reprises avec un véritable transport.

Aussitôt après elle s'approcha vivement du lit
dans lequel reposait Bijoute, et elle appuya ses lèvres
sur les joues pâles de la petite fille, qui tressaillit et
s'éveilla sous cette caresse.

— N'est-ce pas, chère petite, — murmura Blanche
à son oreille, — n'est-ce pas que tu veux bien que je
sois ta mère ? Je t'aimerai de toute mon âme, et tu
m'aimeras aussi... tu verras...

Bijoute ne pouvait répondre à ces paroles, qu'elle
n'entendit qu'à peine et que son brusque réveil ne
lui permit point de comprendre.

Elle promena autour d'elle, sur les somptuosités de la chambre meublée avec luxe où elle se trouvait, un regard rempli d'étonnement et d'admiration.

C'était la première fois, depuis le jour ou plutôt depuis la nuit du crime, depuis le moment où elle était tombée évanouie sur les dalles du vestibule, qu'elle se rendait compte des objets qui l'entouraient, et qu'elle voyait d'une façon distincte le délicieux visage de la jeune marquise penchée sur elle.

Bijoute ne se souvenait de rien.

Les longues heures de sa maladie avaient passé sans laisser la moindre trace dans son esprit.

La présence de cette belle dame, si souriante et si bien parée, et la réunion des merveilles qui frappaient ses regards lui semblaient à tel point invraisemblables qu'elle crut faire un rêve et que, pour le continuer, elle ferma les yeux.

Mais Blanche lui parla de nouveau, et la petite fille comprit enfin qu'elle était bien éveillée et que quelque chose d'incompréhensible pour elle avait dû se passer.

Alors, se voyant en des lieux étrangers, ayant en face d'elle des figures qu'elle ne connaissait pas, elle se troubla, l'inquiétude, puis la terreur succédèrent à l'admiration ; elle demanda son père et elle se mit à pleurer.

Blanche la rassura de son mieux et s'efforça de la calmer. — Elle improvisa sans hésiter une histoire

naïve pour expliquer tant bien que mal à l'enfant la
situation, car il était impossible, on le comprend, de
lui révéler la vérité tout entière sans courir le risque d'amener une rechute, dangereuse à coup sûr
et peut-être mortelle.

Bijoute, dont l'intelligence enfantine était momentanément très-affaiblie, se laissa facilement convaincre, et les pleurs qui ruisselaient sur ses joues
se tarirent.

Elle prit sans résistance la potion bienfaisante que
lui présentait la jeune marquise, et elle ne tarda
point à se rendormir d'un sommeil tranquille et
profond.

Dès le lendemain, Gaston, désireux de satisfaire au
plus vite les désirs de sa femme, qui n'admettait
aucun retard et s'inquiétait de toute temporisation,
se rendit chez le commissaire de police, auquel il
déclara que sa volonté et celle de la marquise étaient
de garder auprès d'eux la petite fille, de ne plus se
séparer d'elle et de pourvoir à son éducation et à ses
besoins.

— Monsieur le marquis, — répondit le magistrat,
— certes, l'enfant ne saurait être en de meilleures
mains que les vôtres... — J'applaudis bien sincèrement au grand acte de charité que vous allez faire, et
je souhaite de tout mon cœur que vous n'ayez jamais
lieu de vous en repentir.

— Quoi qu'il arrive, — répliqua Gaston, — je ne

me repentirai point de ce que vous voulez bien appeler vous-même un acte de charité.

— Je l'espère, monsieur le marquis, je l'espère, — mais, malgré moi, je me souviens d'un vieil apologue de je ne sais plus quel fabuliste.

— Un apologue, dites-vous ?...

— Oui.

— Lequel ?...

— Celui du voyageur qui ramasse un jeune serpent à demi mort, et qui le réchauffe dans son sein.

— Qu'arriva-t-il à ce voyageur ?

— Le serpent, à peine ranimé, se souvint qu'il avait des crocs venimeux, et mordit son bienfaiteur, qui mourut incontinent.

— Le serpent du fabuliste était un monstre.

— Eh ! mon Dieu, non !... pas le moins du monde ! — il obéissait aux instincts de sa race, — il mordait parce qu'il était né pour mordre... — Prenez garde, monsieur le marquis !... prenez garde !... — *la défiance*, dit-on, *est mère de la sûreté !* — défiez-vous de l'enfant quand l'enfant grandira !

Gaston revint à la Folie-Normand, la tête basse et en proie à une préoccupation très-vive.

Les paroles du commissaire de police se trouvaient parfaitement d'accord avec ses propres impressions, — un pressentiment vague et de mauvais augure, indéfinissable mais persistant, s'agitait au fond de sa pensée et lui montrait dans un lointain avenir une sorte de fantôme menaçant.

Mais le jeune homme s'était trop avancé pour battre en retraite.

Amoureux de sa femme autant, si ce n'est plus, qu'aux premiers jours de leur union, il n'admettait point qu'il lui fût possible de se mettre en opposition avec elle et de résister à sa volonté. — D'ailleurs il vait promis, — il venait même d'accomplir la promesse faite la veille.

Comment s'y prendre pour dégager la parole donnée à ce tyran chéri ?... — sous quel prétexte revenir sur ce qu'il y a de plus irrévocable et de plus fort en ce monde, c'est-à-dire le fait accompli ?...

Le seul prétexte à mettre en avant reposait sur une objection à laquelle Blanche avait déjà répondu le jour précédent d'une façon triomphante.

Il ne fallait point songer à faire revivre ce prétexte. — Gaston, ne voulant point se prévaloir de son autorité de mari, et sachant bien qu'il serait vaincu dès les premiers mots si la discussion que Blanche devait croire épuisée se renouvelait, Gaston, disons-nous, renonça à entamer de nouveau la lutte et s'avoua vaincu d'avance.

Dans un ménage bien uni, il faut non-seulement savoir céder, mais céder en souriant.

Comme tous les maris amoureux, Gaston n'ignorait point la grande vérité conjugale que nous venons de formuler en un axiome oublié par Balzac; aussi, quand il rejoignit Blanche, cette dernière ne soupçonna rien de ce qui venait de se passer dans l'âme de son mari, — le visage du marquis ne décelait aucun des pressentiments sombres dont nous venons de parler.

Hâtons-nous d'ajouter, pour rester dans le vrai, que la durée de ces pressentiments fut courte et qu'ils se dissipèrent dès le lendemain, aux clartés radieuses du sourire de Blanche, comme se fondent les vapeurs nuageuses du matin sous les premiers rayons du soleil.

La convalescence de Bijoute fut rapide, — plus rapide que ne l'espéraient le médecin et la jeune marquise elle-même.

Au bout d'une semaine, l'enfant avait en partie recouvré ses forces.

Au bout de quinze jours, elle pouvait quitter le lit et la chambre et entreprendre des promenades de près d'une heure dans le jardin, ou plutôt dans le parc de la Folie-Normand.

Pendant ces quinze jours, Bijoute s'était familiarisée avec sa belle protectrice, autant du moins que le lui permettaient son caractère ombrageux, sa nature un peu sauvage, et le sang bohémien qui coulait dans ses veines.

Le corps svelte et frêle en apparence de l'enfant

cachait, nous le savons, des nerfs et des muscles d'acier...

A mesure que la vitalité et l'énergie renaissaient en elle, Bijoute rentrait en possession de toute son intelligence si précoce et si développée.

Son esprit travaillait sans cesse.

Ses souvenirs, redevenus nets et distincts, lui rappelaient les moindres détails de la nuit du crime.

Elle revoyait, près de la muraille d'enceinte, tout en haut, sur la colline, le corps monstrueux du chien de Terre-Neuve se tordant avec une rage impuissante dans les dernières convulsions de l'agonie...

Elle revoyait l'ouverture pratiquée par le mendiant dans l'une des vitres de la porte du vestibule, ouverture bien étroite et par laquelle cependant elle s'était glissée pour tirer les verrous et faciliter l'entrée des bandits...

La lueur inattendue, rayonnant soudain autour d'elle, l'éblouissait encore...

Elle entendait retentir la voix du rétameur...

La détonation du coup de feu l'assourdissait...

Puis, plus rien, — une nuit profonde, jusqu'au moment où, après plusieurs jours de fièvre et de délire, le réveil de son corps et de sa pensée avait eu lieu sous les baisers de Blanche...

Bijoute, n'osant questionner ceux qui l'entouraient, s'efforçait de combler, à l'aide d'inductions logiques et vraisemblables, cette lacune de ses souvenirs...

Elle voulait arriver seule à reconstituer ces faits inconnus, qui devaient être bien terribles puisque évidemment on cherchait à les lui cacher...

La cicatrice douloureuse encore de sa blessure à l'épaule la mettait sur la voie de ce qui sans doute avait eu lieu...

Un jour l'idée lui vint de s'asseoir sur la plus haute des marches de pierre conduisant du jardin à la porte vitrée...

C'était là qu'elle avait laissé, debout et attendant, celui qu'elle appelait son père.

Elle se pencha vers le granit, et, malgré les traces manifestes d'un récent grattage, elle aperçut dans une fissure oubliée une tache rouge, à la nature de laquelle il était impossible de se méprendre.

— C'est du sang!... — murmura la petit fille, — c'est le sien!... — c'est ici qu'ils l'ont tué!... — Ah! je l'aimais bien, je le sens!... — Je l'aimais de tout mon cœur, et je les hais de toutes mes forces!...

Ceux que Bijoute haïssait ainsi de toute la puissance de sa jeune âme, hélas!... c'étaient Blanche et Gaston!...

A partir de ce jour et de cette minute, elle cessa de parler du rétameur, ainsi que parfois elle le faisait auparavant, et elle ne demanda plus jamais si elle le reverrait bientôt.

Blanche se réjouissait de ce silence.

— Elle oublie!... — se disait-elle. — Le passé

4.

funeste s'effacera vite de l'esprit et de la mémoire de cette chère enfant adorée...

La marquise se trompait absolument.

Bien loin d'oublier, Bijoute se souvenait au contraire, mais elle s'étudiait à cacher à tous les regards sa pensée continuelle et à faire de son visage enfantin un masque impénétrable, ce à quoi, nous devons le dire, elle réussissait avec un talent de dissimulation qui semblait annoncer, pour un très-prochain avenir, une digne héritière du génie de Machiavel.

Au moment de sa quasi-adoption par les Castella, Bijoute allait atteindre sa sixième année.

A cet âge, généralement, les enfants savent lire et connaissent l'existence de Dieu, que leurs mères prient matin et soir devant eux et qu'elles leur apprennent à prier.

Bijoute, elle, ne savait rien!... — Jamais le papier grisâtre et les caractères massifs de l'*abécédaire* n'avaient frappé ses yeux... jamais elle n'avait entendu prononcer le nom de Dieu autrement que dans des blasphèmes...

IV

LAURENCE

Ce fut pour la jeune marquise une joie de toutes les heures, un plaisir sans cesse renaissant et dont elle ne parvenait point à se lasser, que d'entreprendre l'éducation morale de sa fille adoptive.

Bijoute était douée d'une intelligence vive et d'une mémoire vraiment prodigieuse.

Elle comprenait dès les premiers mots, — aucune explication ne lui semblait obscure, — elle n'oubliait plus ce qui lui avait été une fois enseigné...

Sa nature énergique la préservait de la paresse et de l'insouciance.

L'ardeur de sa bonne volonté ne se ralentissait jamais.

Elle avait soif de savoir.

Chaque jour Blanche Castella s'applaudissait du zèle et de la docilité d'une élève qui lui faisait tant d'honneur.

La jeune marquise, naturellement pieuse, avait tout d'abord tourné l'esprit de la petite fille vers l'étude des grandes vérités de la religion catholique.

Au bout de quelques mois Bijoute savait par cœur le catéchisme qu'on enseigne d'habitude aux enfants de dix à douze ans, et non-seulement elle était en état de répondre à toutes les questions, mais encore elle accompagnait ses réponses de commentaires de son cru, prouvant jusqu'à l'évidence qu'elle faisait mieux que réciter avec exactitude une leçon bien apprise, mais mal comprise.

Un jour Blanche Castella la prit sur ses genoux, et, après l'avoir embrassée tendrement, lui demanda :

— Tu connais bien le bon Dieu, n'est-ce pas, chère enfant, et tu l'aimes ?

Bijoute fit un signe affirmatif.

Blanche poursuivit :

— Ainsi, du fond du cœur tu te sens chrétienne ?

— Oh ! oui, petite mère... — répondit l'enfant avec une effusion presque attendrie.

Bijoute appelait la jeune marquise *sa petite mère.*

— Avant d'être devenue ma fille, — continua Blanche, — tu n'étais donc d'aucune religion ?

— D'aucune, et je ne savais même pas que la religion existât.

— Cependant tu voyais la foule des fidèles entrer dans les églises.

— Oui, mais je prenais les églises pour de grandes maisons bien belles, et j'ignorais absolument ce qu'on allait faire dans ces maisons...

— Alors, tu n'avais jamais prié ?

— Comment aurais-je pu deviner ce que c'était que la prière ?

Une pensée soudaine traversa l'esprit de Blanche.

— Mon Dieu ! — s'écria-t-elle. — As-tu seulement reçu le baptême ?

— Je n'en sais rien, et je ne le crois pas, — répondit la petite fille après avoir réfléchi pendant un instant.

— Ah ! ce doute est affreux !... — Pauvre enfant ! — murmura la marquise.

Puis elle ajouta tout bas :

— Heureusement ce qui n'est pas fait peut se faire... et ce sera grande joie au ciel, le jour où l'eau sainte rendra plus pure encore l'âme déjà si pure de cet ange !

A partir de ce moment Blanche Castella n'eut plus qu'une pensée, plus qu'un désir : faire célébrer sans retard le baptême de la petite fille, car elle pensait que le doute, en un cas pareil, n'était point une raison de s'abstenir.

Ce baptême donna lieu dans l'église d'Auteuil à une cérémonie solennelle.

Le bruit s'étant répandu que la prétendue fille du malfaiteur tué en flagrant délit, l'enfant d'adoption de la belle et riche marquise Castella allait être baptisée, une grande affluence de curieux remplissait la nef et formait une double haie en avant du portail de l'église.

Lorsque Gaston et Blanche descendirent de voiture avec l'orpheline, dont ils devaient être le parrain et la marraine, un murmure d'admiration, de surprise et d'envie courut dans la foule.

Rien au monde, en effet, ne se pouvait imaginer de plus ravissant que Bijoute, entièrement vêtue de blanc et portant quelques boutons d'oranger parmi les masses lourdes de la splendide chevelure brune qui couronnait son front.

L'enfant baissa les yeux d'un air modeste et empreint de recueillement.

· Ses longs cils descendaient comme une frange de velours sur sa joue pâle et dorée.

Sous cette frange, et malgré la contrainte que la petite fille s'imposait, l'éclair de son regard luisait par intervalles.

Entre vieilles femmes groupées sur la place de l'église, et qui, pour mieux se placer au premier rang, risquaient de se faire écraser par les chevaux du marquis, s'échangeaient les dialogues suivants :

— Qui est-ce qui dirait pourtant, ma commère, à la voir toute habillée de satin blanc, cette petiote, comme l'enfant d'une vraie duchesse, que c'était une rien du tout qui vagabondait pieds nus dans la boue des rues, il n'y a pas six mois !

— Une traîne-guenilles !

— La bâtarde d'un assassin !

— Et même que je crois la voir encore, portant une vieille casserole sur son dos, derrière le rétameur... son brigand de père !...

— En voilà une, tout de même, qui a *évu* de la chance !

— L'enfant de braves gens n'en aurait pas *évu* autant qu'elle !

— Oh ! quant à ce qui est de ça... c'est très-sûr et très-certain ! Qui est-ce qui ne sait pas qu'on voit surtout les coquines réussir en ce bas monde ?

— Faut convenir tout de même que la petiote est crânement jolie.

— Elle est gentillette, je ne dis pas, mais vous savez le proverbe : *la plume refait bien l'oiseau.*

— Ah ! dame, oui !... Mais ça n'empêche que la petiote fera des passions, et des fameuses, j'en réponds, quand elle aura tant seulement dix ans de plus.

— Ah !... le fait est qu'elle a des yeux à la perdition de son âme... comme on dit...

— Et de l'âme des autres.

— Tous les hommes lui courront après.

— Les femmes feront bien de veiller sur leurs maris.

— Ça sera le cas de leur crier ; *Enfermez vos coqs, la poule est lâchée !*

Tandis que ces jolies choses s'échangeaient entre les duègnes d'Auteuil, Blanche, Gaston et Bijoute avaient pénétré dans l'église.

La cérémonie commença.

Le curé adressa un discours point trop long et très-touchant à la petite fille, qui versa des larmes d'attendrissement en l'écoutant.

Le marquis et la marquise déclarèrent qu'ils donnaient à leur filleule le nom de *Laurence*.

Deux ou trois gouttes de l'eau baptismale mouillèrent le front de l'enfant, et il y eut une chrétienne de plus.

Hâtons-nous d'ajouter que l'église catholique venait de faire en la personne de *Bijoute*, que désormais nous appellerons *Laurence*, une triste acquisition.

Certes, nous ne prétendons point rompre des lances en faveur d'une théorie dont l'expérience a si souvent démontré la fausseté.

Non, les vices, pas plus que les vertus d'ailleurs, ne se transmettent avec le sang.

Rien n'empêchait l'enfant de la gitane Mirza d'être un jour une chaste et douce créature.

La fille d'un assassin infâme peut devenir une sœur de charité.

La fille d'une sainte peut devenir une créature abjecte perdue.

Ce n'était point le hasard de sa naissance qui devait faire de Laurence la plus avide, la plus déloyale, la plus dangereuse des filles d'Ève ; c'était sa nature elle-même, au fond de laquelle se trouvait le germe de tous les vices... c'était son âme, terrain riche et vierge, ensemencé pour la corruption par les exemples d'un scélérat, et ne devant plus retrouver jamais la notion perdue du bien et du mal.

Laurence manquait de cœur, mais, douée d'un immense talent de dissimulation, elle pouvait jouer avec un art infini cette tendresse qu'elle était incapable de ressentir.

Laurence n'avait d'affection pour personne.

En revanche, — il nous faut bien le répéter, — elle éprouvait pour Blanche et Gaston, ses bienfaiteurs, une aversion, nous pourrions même dire une haine, d'autant plus vive qu'il lui fallait faire de continuels efforts pour la dissimuler, et pour affecter les dehors d'une reconnaissance infinie et d'un dévouement sans bornes.

Quoique détestant cordialement ceux à qui elle devait tant, Laurence n'aurait point consenti à se séparer d'eux, si une telle séparation avait pu dépendre de sa volonté.

La fille de la baladine ambulante se sentait née pou
la vie large et facile , pour le luxe qui l'entourait

Bien mieux qu'une rustique fleur des champs trans
portée sous les vitrages d'une serre chaude où parfoi
elle meurt étouffée, faute de grand air et de soleil
Laurence s'était acclimatée tout de suite dans l'atmosphère parfumée et tiède du salon et du boudoir
de la marquise.

Avec une coquetterie précoce, qui n'annonçait
rien de bon pour l'avenir, l'enfant se rendait parfaitement compte de sa propre beauté.

Un instinct vague, une prescience inexplicable à
son âge, lui révélaient que plus tard cette beauté deviendrait pour elle une arme, un tout-puissant moyen
d'action.

Elle adorait la toilette, qui mettait en valeur les
grâces de son ravissant visage et les perfections de
sa taille enfantine.

Elle passait des heures entières dans la solitude de
sa chambre, debout devant une glace, souriant à son
image et déroulant ses longs cheveux sombres, pour
en composer des coiffures nouvelles, souvent bizarres
mais toujours délicieuses.

Parfois Blanche la surprenait dans ces jeux in-
quiétants. — Elle n'en concevait aucune alarme,
aveuglée par l'excès de sa tendresse quasi-maternelle;
elle admirait Laurence au lieu de la gronder, et elle
s'écriait en l'embrassant:

— Ah! chère petite, que tu es charmante! — Quelle fille de roi ne mettrait son orgueil et son bonheur à être belle autant que toi?

Laurence ne répondait pas à la jeune marquise, mais elle se disait à elle-même :

— Belle comme une fille de roi! Pourquoi ne serais-je pas reine un jour?

Nous ne prendrons pas sur nous d'affirmer qu'il y eût quelque chose de sérieux et de réfléchi au fond de cette pensée si profondément absurde en apparence.

Le mot *roi* n'offrait point à l'esprit de Laurence de sens précis et positif.

Pour elle il signifiait seulement: *supériorité, puissance et richesse.*

Or, l'enfant ambitionnait déjà les jouissances de l'orgueil, — sa nature impérieuse et dominatrice se pliait avec peine à l'obéissance et rêvait le commandement. — Enfin elle estimait plus que tout au monde la fortune, non pas à cause de l'argent lui-même dont elle ne connaissait guère la valeur, mais parce qu'elle devinait que les riches sont les rois de ce monde, que tout leur est facile, et que la foule des déshérités courbe le genou devant eux.

Laurence ne mettait pas un seul instant en doute qu'elle dût posséder dans l'avenir cette richesse, cette supériorité, ce pouvoir convoités par elle.

Comment cela pourait-il se faire?

Elle n'en savait pas le premier mot et ne s'en préoccupait nullement, — sa conviction lui suffisait; elle se considérait, par avance, comme l'égale de sa bienfaitrice.

Cinq ans s'écoulèrent.

Pendant ce long intervalle, la tendresse de Blanche Castella pour sa fille adoptive, bien loin de se démentir ne fit au contraire que s'accroître, car la jeune femme, à mesure qu'elle perdait l'espoir de devenir mère, reportait sur Laurence les trésors de maternelle affection qui débordaient dans son cœur.

Laurence, elle non plus, ne changea point.

Aucune modification ne se fit, du moins en bien, dans son caractère et dans sa nature.

Elle resta froide et dissimulée, envieuse et ambitieuse.

Son esprit seul ne resta pas stationnaire.

Elle travailla sans relâche;—elle apprit beaucoup, — elle étonna par sa prodigieuse aptitude à toutes choses, non-seulement la jeune marquise, mais encore les maîtres habiles chargés de lui donner les premières notions de la musique, du dessin, de la danse et de l'équitation.

Nos lecteurs se disent sans doute que dans la position infime de Laurence, une telle éducation était insensée.

Nous sommes parfaitement de leur avis.

Blanche Castella, animée des meilleures et des

plus généreuses intentions, faisait sans le savoir un acte de folie.

Elle ne réfléchissait point qu'elle préparait, selon toute apparence, le malheur de sa protégée ; — elle regardait Laurence comme sa fille, — elle l'élevait ainsi qu'elle aurait élevé sa fille.

Sa pensée n'allait pas plus loin.

Gaston, moins aveugle que sa femme, mais de plus en plus faible pour elle, laissait faire sans contrôle et sans discussion.

La marquise douairière s'était imposé la loi sage de ne jamais intervenir, ne fût-ce que par un conseil, dans le ménage de son fils et de sa belle-fille... — elle se taisait.

En somme, ces cinq années furent des années heureuses pour nos personnages, et la présence de la petite fille à la Folie-Normand apporta dans l'existence un peu monotone du jeune couple de puissants éléments de diversion.

On se lasse de tout ici-bas, même du bonheur, quand ce bonheur est trop calme.

Un jour Gaston dut s'avouer à lui-même qu'il ressentait les premiers symptômes de la fatigue et de l'ennui.

Les souvenirs de ses voyages d'autrefois lui revinrent en foule ; il éprouva le plus ardent désir de revoir avec sa femme ces lointains pays que jadis il avait visités seul.

Après bien des hésitations, après bien des combats intérieurs, il prit enfin le parti d'annoncer à Blanche le besoin de locomotion qui s'emparait de lui.

La jeune femme se trouvait parfaitement heureuse dans la villa d'Auteuil, et l'idée d'un prochain départ et d'un long exil, bien loin de la charmer, lui causait un certain effroi.

Cependant elle répondit à l'instant :

— Partout où tu iras, j'irai... — partout où il te plaira que je te suive, je te suivrai...

Puis, comme Gaston la serrait dans ses bras pour la remercier de cette réponse, elle ajouta :

— Et Laurence ?... nous accompagnera-t-elle ?...

— Y penses-tu ! — C'est impossible !

— Pourquoi donc ?...

— Un déplacement de plusieurs mois, qui ne sera pour nous qu'un plaisir, deviendrait pour une enfant si jeune une fatigue et peut-être un danger...

— Il faudra donc me séparer d'elle ?...

— Une mère se sépare bien de sa fille, et Laurence n'est pas ta fille...

— Tu sais que je l'aime comme si elle était mon enfant...

— Sans doute, je le sais, — aussi tu n'auras que plus de bonheur à la retrouver au retour...

— Mais, pendant notre absence, que deviendra-t-elle ?...

— Nous la mettrons dans un pensionnat où des

soins assidus et éclairés achèveront cette éducation que tu as si bien commencée...

— Laurence ne peut-elle donc rester ici, auprès de ta mère?...

— Ma mère, à son âge, reculerait, j'en suis certain, devant les nécessités d'une surveillance de tous les instants. — Laurence elle-même trouverait bien triste une solitude à laquelle elle n'est point habituée.

— Agis donc ainsi que tu croiras devoir le faire, cher Gaston... — tu es le maître et seigneur, et ni ta prudence, ni ta raison ne sauraient te tromper...

Dès le lendemain, Blanche et Gaston se mettaient en rapport avec la supérieure de l'un des principaux pensionnats de Paris.

La semaine suivante avait lieu la séparation de la jeune femme et de sa fille adoptive, et les larmes sincères de Blanche se mêlaient aux larmes hypocrites de Laurence.

Deux jours après cette séparation, une chaise de poste emportait loin de Paris Gaston et Blanche.

Gaston était radieux.

Blanche avait le sourire aux lèvres, mais le cœur rempli de tristesse

V

SEIZE ANS

Gaston Castella, en quittant Paris avec Blanche, était très-fermement convaincu que son absence ne se prolongerait pas au delà de quelques mois.

L'homme propose et le hasard dispose.

Les voyages des jeunes époux durèrent près de cinq années, et ces cinq années s'écoulèrent pour eux rapidement, comme un beau rêve.

Nous n'avons point à entretenir nos lecteurs des incidents divers de ces longues pérégrinations.

De tels épisodes, en admettant même qu'ils ne fussent pas dépourvus absolument de tout intérêt, deviendraient insupportables dans notre récit.

Revenons à Laurence, qui, dans son pensionnat

parisien, s'irritait en silence de la longueur interminable des journées, se succédant pour elle avec
une désespérante monotonie.

Ce pensionnat, choisi par Gaston parmi les plus
aristocratiques de la grande ville, achevait fatalement
l'œuvre commencée à la Folie-Normand, et fortifiait
les aspirations de la jeune fille vers la fortune, vers
le luxe, vers la domination.

Entourée de compagnes qui toutes appartenaient
à des familles patriciennes ou millionnaires, Laurence ne voulait ni avouer aux autres, ni reconnaître elle-même son infériorité.

Gaston et Blanche, dans le but d'éviter à leur fille
adoptive toute blessure d'amour-propre, n'avaient
point appris à la supérieure quelle était l'origine de
Laurence.

Interrogée au sujet de sa naissance et de sa famille
par les autres pensionnaires, la petite avait répondu
par un roman suffisamment ingénieux, et à peu près
vraisemblable.

Personne n'étant en état de la démentir, ses mensonges étaient devenus paroles d'évangile.

A force de les répéter, elle avait presque réussi à
se persuader elle-même.

Ceci, d'ailleurs, ne saurait passer pour un para-
doxe, et de semblables faits sont moins rares qu'on
ne le croit peut-être.

Combien avons-nous connu de menteurs qui, par

5.

suite d'une longue habitude, arrivaient à mentir *de bonne foi !*

Laurence entendait ses compagnes parler sans cesse du splendide avenir qui commencerait pour elles aussitôt après leur début dans le monde.

Toutes vantaient les joies sans nombre, les plaisirs inépuisables et renaissants qui seraient leur partage.

Toutes se promettaient des maris très-jeunes, très-beaux, très-épris, et surtout très-riches.

Celle-ci voulait être comtesse.

Celle-là ne consentirait jamais à n'être pas tout au moins baronne.

— Et toi, Laurence, que seras-tu ? — demandaient à l'enfant sans père ces filles d'Ève blondes et brunes.

— Oh ! moi, — répondait-elle avec une superbe nonchalance, — je choisirai plus tard entre tous les blasons et toutes les couronnes.

Chaque année quelques-unes des pensionnaires rentrées dans leurs familles faisaient de brillants mariages.

Elles s'empressaient aussitôt de venir étaler leur luxe au pensionnat, sous prétexte de tendres visites à leurs anciennes amies.

Les portes de la vaste cour s'ouvraient à deux battants, — les équipages élégants stationnaient devant le perron, et l'on voyait de frais et ravissants visages se coller aux vitres, et de grands yeux étinceler, en regardant avec admiration piaffer les chevaux de race, et miroiter au soleil les panneaux armoriés.

Alors des torrents d'âcre jalousie inondaient l'âme de Laurence...

Elle éprouvait, à l'endroit de ses ex-compagnes ainsi favorisées, des mouvements d'implacable haine...

Elle se disait avec amertume :

— Quand donc arrivera-t-il, le jour où je brillerai plus qu'elles ?... le jour où je les éclipserai du haut de ma beauté sans rivale et de mon faste souverain ?...

Et, comme il ne dépendait point d'elle de répondre à cette question, elle se tordait les mains et recherchait la solitude pour y verser des pleurs de rage...

Chaque année la marquise douairière Castella, bien vieillie et presque infirme, venait assister à la distribution des prix et emmenait à Auteuil, pour toute la durée des vacances, la jeune fille chargée de prix et de couronnes.

Laurence n'aimait point la douairière, et rien au monde n'aurait dû lui sembler plus triste que les six semaines passées à la Folie-Normand.

Elle s'y trouvait relativement heureuse néanmoins et cela parce que la vieille dame la menait chaque jour dans sa voiture au bois de Boulogne.

Cette promenade quotidienne, au milieu de la foule élégante, dans une calèche dont la couronne de marquis timbrait les écussons, donnait à la vanité de Laurence des satisfactions délicieuses.

Si, par hasard, elle rencontrait quelqu'une de ses amies de pension, à pied ou dans une voiture moins riche, moins bien attelée, moins armoriée, son ivresse n'avait pas de bornes...

Laurence, — avec cette rouerie précoce dont nous avons déjà parlé à plus d'une reprise, et qui faisait le fond de son caractère, — Laurence disons-nous, ne négligeait rien d'ailleurs pour plaire à la marquise douairière.

Sans cesse elle l'entretenait de son attachement et de son respect; sans cesse elle lui parlait de Gaston et de Blanche avec l'exaltation du dévouement le plus profond; sans cesse, enfin, elle avait sur les lèvres les témoignages de cette tendresse et de cette reconnaissance qui n'étaient point dans son cœur.

Ainsi s'écoulèrent pour la jeune fille les cinq années d'absence de Blanche et de Gaston.

Laurence allait avoir seize ans.

Jamais rien de plus parfait, de plus accompli, de plus séduisant surtout, n'avait existé depuis l'heure solennelle où Dieu, sous les ombrages du paradis terrestre, prit une côte du premier homme pour en faire la première femme.

Tracer un portrait ressemblant, reproduire une image fidèle de Laurence à cette époque, serait une tâche malaisée devant laquelle nous reculons.

La plume ne saurait, en un cas pareil, rivaliser avec le pinceau, et le pinceau le plus habile aurait été forcé, nous le croyons sincèrement, de reconnaître son impuissance.

Qu'il nous suffise de dire en quelques mots que la jeune fille offrait tout à la fois les charmes angéliques d'une vierge, les fascinations vertigineuses d'une sirène, et qu'elle réunissait la distinction d'une grande dame du sang le plus pur, aux grâces provoquantes d'une Parisienne de Gavarni.

L'ennui et le chagrin, cependant, s'emparaient de Laurence.

— Mon Dieu! — se disait-elle, — mon Dieu! ne reviendront-ils donc jamais? — Suis-je condamnée à languir longtemps encore dans cette atmosphère qui m'étouffe? Ah! mieux vaudrait cent fois mourir vite que de vivre ainsi!

La jeune fille ne dormait plus.

La pâleur mate de son visage aux tons dorés augmentait visiblement.

Une auréole d'azur marbrait le contour de ses paupières et semblait déceler de secrètes souffrances.

Explique qui pourra ce phénomène : Cette pâleur, ces indices d'insomnies et de chagrins, bien loin de la défigurer, la rendaient plus belle encore.

Un jour, — au moment où Laurence se doutait le moins qu'une visite allait rompre la monotonie de son existence, — une voiture entra dans la cour du pensionnat et la douairière fit demander la jeune fille au parloir.

Laurence accourut avec tous les symptômes d'une émotion vive et joyeuse.

— Ah ! chère madame, — s'écria-t-elle en embrassant la marquise avec effusion, — quel bonheur de vous voir, et comme j'espérais peu ce bonheur aujourd'hui !

— Mon enfant... — répondit madame Castella en souriant, — on prétend que les vieillards sont égoïstes. Je n'en crois rien, et j'ai voulu me donner à moi-même la preuve du contraire.

La douairière s'interrompit.

Laurence, en fille d'une éducation irréprochable, ne se permit point d'interroger, mais ses grands yeux fixés sur la visiteuse exprimèrent la curiosité la plus vive.

Madame Castella garda le silence pendant un instant, comme pour aiguillonner encore cette curiosité, puis elle sourit de nouveau et elle continua :

— Il m'est arrivé ce matin une grande joie, et ma première pensée a été de vous la faire partager.

— Une grande joie ! — s'écria la jeune fille, emportée en apparence par un irrésistible élan de son âme, — oh ! c'est qu'alors il s'agit de vos enfants, madame — il s'agit de mes chers bienfaiteurs !...

— Vous devinez juste, ma belle Laurence, — cette bonne nouvelle dont je viens de vous parler, c'est une lettre de Gaston qui me l'apportait.

Pour la seconde fois le regard de la jeune fille

exprima l'intérêt le plus ardent, tandis que ses lèvres restaient muettes.

Madame Castella continua :

— Ils reviennent, Laurence !... — ils reviennent !... — la lettre est datée de *Nice*... — Avant huit jours ils seront ici...

Laurence saisit les mains de la marquise et, pendant quelques secondes, les couvrit de baisers.

Quand elle releva la tête, son visage, rayonnant, était transfiguré.

Une perle liquide se suspendait aux cils de sa paupière ; sa bouche entr'ouverte semblait ne contenir qu'à grand'peine le cri de joie prêt à jaillir.

Madame Castella se sentit émue et touchée jusqu'aux larmes de cette immense et silencieuse émotion.

— Ainsi, chère enfant, — reprit-elle en serrant à son tour les mains de la jeune fille, — je ne m'étais pas trompée, — ma nouvelle vous rend heureuse?...

— Ah! madame, — répliqua Laurence d'une voix tremblante, en appuyant sa main sur sa poitrine, comme pour comprimer les battements de son cœur, — si l'on pouvait mourir de joie, je serais morte en vous écoutant.

— Vous les aimez donc bien, mes deux enfants, Gaston et Blanche?...

— Si je les aime !... — Ah! madame, donner

pour eux tout mon sang, goutte à goutte, ce serait
le plus grand des bonheurs !...

Cette phrase fut prononcée si simplement que la
douairière ne songea même point à trouver la pensée prétentieuse et la forme ampoulée.

Elle continua :

— Gaston termine ainsi sa lettre : — *Embrassez
pour nous, de tout notre cœur, notre chère fille d'adoption, qui doit être maintenant bien grande et bien belle, et
que nous avons hâte de revoir.*

— Ils pensent à l'orpheline ! — s'écria Laurence,
— ils ne l'ont point oubliée ! — Ah ! que le Dieu de
justice soit pour eux ce qu'ils sont pour moi !...

— J'avais songé d'abord, mon enfant, — poursuivit la marquise, — à vous reprendre tout de suite,
à vous emmener avec moi dès aujourd'hui.

— Eh bien, madame ?

— Mais, toute réflexion faite, je ne veux point
enlever à Blanche le plaisir de venir vous chercher elle-même. — Ne m'approuvez-vous pas en
cela ?

— Je vous approuve sans cesse, madame, et tout
ce que vous faites est bien fait...

La conversation se prolongea pendant quelques
minutes encore, puis la douairière embrassa la
jeune fille et la quitta en lui disant :

— A bientôt...

Aussitôt que la porte du parloir se fut refermée

derrière la marquise, Laurence respira bruyamment et secoua ses épaules comme si elle venait de se sentir déchargée d'un poids écrasant.

En même temps l'expression de son visage changeait.

C'était toujours la joie qui se peignait sur ses traits, mais une joie d'une autre nature.

— Enfin, — murmura-t-elle, — enfin, voici que l'esclavage est presque fini, et la liberté va commencer! — Adieu les ténèbres! — Adieu le passé! — Adieu la contrainte et l'ennui! — A moi le soleil et l'avenir!

Les huit jours fixés par Gaston dans sa lettre à madame Castella s'écoulèrent.

Dans l'après-midi du huitième jour, un grand tapage se fit entendre sur la route d'Auteuil.

Une calèche, attelée en poste, arrivait au galop de ses chevaux du Perche, au milieu du bruit des grelots, des nuages de poussière et des claquements de fouet.

La grille de la Folie-Normand fut ouverte; la calèche décrivit une courbe rapide et s'arrêta devant ce même perron dont le sang du rétameur avait arrosé les marches, et Gaston et Blanche s'élancèrent dans les bras de la douairière.

Ces cinq ans de voyage n'avaient pas laissé sur la charmante figure de Blanche une seule trace de leur passage.

Telle la jeune femme était la veille du départ, telle on la retrouvait au moment du retour.

Elle approchait de sa vingt-huitième année, — on lui en aurait donné vingt, tout au plus.

Gaston, lui, quoique doué d'une nature bien autrement énergique et robuste, n'avait pas aussi bien supporté que sa femme, à beaucoup près, les fatigues inévitables de ces déplacements continuels et prolongés.

Il était beau toujours, assurément.

Sa taille conservait sa désinvolture et sa souplesse, mais, quoiqu'il eût quarante ans à peine, et qu'il fût par conséquent dans toute la force de l'âge, l'angle externe de ses paupières commençait à former des plis, ses joues offraient des teintes plombées, ses cheveux blonds s'éclaircissaient au sommet de la tête, et se parsemaient sur les tempes, de nombreux fils d'argent.

Gaston, à cette époque, quoique né à Venise, de père et de mère italiens, était le type parfaitement réussi du gentilhomme anglais de grande maison.

Après les premiers épanchements, on en vint à parler de Laurence.

La marquise douairière raconta, jusque dans les moindres détails, sa dernière entrevue avec l'orpheline.

Blanche en pleura d'attendrissement et s'écria :

— Ah ! comme je la jugeais bien, moi, quand autrefois je n'ai pas voulu qu'on vînt nous l'enlever au nom de la loi !... — comme je devinais bien qu'elle aurait un cœur d'or, cette chère petite !

—Cette chère petite, — interrompit la marquise en souriant, — est maintenant une jeune fille au moins aussi grande que Blanche, et plus belle que tout ce qu'il y a au monde de plus beau.

— Tant mieux !... cent fois tant mieux ! — répondit la jeune femme, — il ne sera que plus facile de lui donner un bon mari, ce dont nous allons nous occuper sans perdre de temps... — n'est-ce pas, Gaston ?...

— Oh ! très-certainement, ma chère... — mais où le prendrons-nous, ce mari?...

— Je n'en sais rien encore ; seulement, quand on cherche bien, on finit toujours par trouver ; — la tâche doit être facile d'ailleurs. — Les hommes ne manquent pas à Paris ?...— Mon Dieu ! que j'ai hâte de l'embrasser, cette chère Laurence qui nous aime tant et qu'on dit si belle !

Dès le lendemain la jeune marquise se faisait conduire au pensionnat où l'orpheline l'attendait depuis une semaine avec une fiévreuse impatience.

Blanche ne put retenir un cri de surprise et de joie en voyant sa fille adoptive.

Elle n'en croyait pas ses yeux.

Cinq ans auparavant, elle avait quitté une enfant, — charmante il est vrai ; — elle retrouvait une femme d'une beauté prestigieuse et d'une grâce incomparable.

En face de cette exquise créature elle se sentait naïvement orgueilleuse, comme un artiste en présence de son œuvre la mieux réussie.

Avons-nous besoin d'ajouter que Laurence joua la comédie de la tendresse, de l'émotion, du bonheur, avec une science, avec une perfection, dont aucune actrice contemporaine n'aurait été capable?

— Nous ne nous quitterons plus désormais! — s'écria la marquise.

Et elle reprit le chemin d'Auteuil, en emmenant Laurence avec elle.

VI

LES ÉPOUSEURS

La calèche s'arrêta devant le perron de la Folie-Normand.

Blanche descendit de voiture, traversa rapidement le vestibule, en tenant Laurence par la main, et entra dans le salon avec elle comme un tourbillon.

Gaston et la marquise douairière causaient auprès d'une fenêtre.

Blanche alla droit à son mari.

— Regarde-la! — s'écria-t-elle, — l'aurais-tu jamais reconnue?... — C'est elle cependant, — c'est bien elle, — c'est ma chère Laurence!... — comment la trouves-tu?... — n'est-ce pas une merveille sans seconde?... n'est-ce pas un chef-d'œuvre vivant?...

Gaston leva les yeux sur le visage de la jeune fille et fut ébloui comme s'il eût regardé le soleil en face.

Pendant deux ou trois secondes l'étonnement et l'admiration le rendirent muet.

Ceci ne faisait point l'affaire de Blanche qui voulait que son enthousiasme fût partagé.

— Pourquoi donc gardes-tu le silence?... reprit-elle, — il est impossible, tout à fait impossible, que tu ne sois pas de mon avis.

— Les aveugles seuls auraient le droit de ne point partager ton opinion... — répondit Gaston en souriant, — mademoiselle Laurence ressemble aux plus divines créatures de Raphaël et du Titien...

— A la bonne heure! — c'est parler cela!... — mais à quel propos appelles-tu cette chère Laurence : MADEMOISELLE, d'un air cérémonieux et compassé? — n'est-elle plus notre enfant, notre filleule et notre fille? — Je suis sûre que tu viens de l'affliger... — allons, plus de mademoiselle, et bien vite, bien vite, embrasse-la...

En disant ce qui précède, Blanche poussait Laurence vers son mari.

Gaston se pencha et ses lèvres effleurèrent le front velouté de la jeune fille, dont la mate blancheur fit place, pendant quelques secondes, à une nuance de l'incarnat le plus vif.

Gaston lui-même éprouva une commotion significative, une sorte de tressaillement, comme si ses muscles et ses nerfs recevaient la décharge d'une pile de Volta faiblement chargée.

Nous ne prétendons point expliquer ce phénomène en disant que la foudroyante beauté de l'orpheline venait de toucher le mari de Blanche en plein cœur.

Une telle explication, plausible peut-être, ne serait point conforme à la vérité.

Or, la vérité, la voici :

Certaines femmes, il est impossible de le nier, dégagent et font rayonner autour d'elles une électricité réelle et facile à constater. — Ce n'est pas pour rien que la plus charmante, la plus étrange, la plus infernalement adorable des héroïnes de Balzac, Esther Gobsek, la fille de la belle Hollandaise, avait reçu de ses compagnes et de ses rivales le surnom de la *Torpille*.

Laurence possédait, elle aussi, cette faculté bizarre demeurée jusqu'alors à l'état latent, et qui venait de se révéler pour la première fois sous le baiser de Gaston.

— N'est-ce pas, Laurence, n'est-ce pas, mon enfant chérie, que tu nous aimeras bien ? — reprit la jeune marquise en embrassant de nouveau, et à vingt reprises, l'orpheline.

— Si je vous aimerai?... — répondit cette dernière avec exaltation. — Oui, plus que tout au monde!... mille fois plus que ma vie, et autant que Dieu lui-même !

— Ah! chère enfant! — s'écria Blanche avec un transport qui ne le cédait en rien à celui de Laurence, — béni soit le jour où tu es devenue ma fille !

Un entretien commencé sur ce ton ne pouvait manquer d'atteindre bien vite les hauteurs du lyrisme le plus éffréné.

Nous épargnerons à nos lecteurs la fatigue d'un inutile voyage *dans le bleu*, comme on dit railleusement aujourd'hui, et nous laisserons s'écouler un intervalle de six ou sept mois.

Pendant ce laps de temps aucun événement de quelque importance n'était venu mettre de diversion dans l'existence uniforme et parfaitement calme des habitants de la villa d'Auteuil.

Cette vie, si paisible et si douce en sa régularité parfaite, semblait n'offrir aucune prise au malheur, à celui, du moins, qui vient par le fait des hommes,

Mais souvent aussi la mer, que n'effleure nul souffle de brise, est unie comme un miroir, au moment même où le premier coup de tonnerre va déchaîner la tempête et soulever les flots furieux.

Bien loin de s'affaiblir par la satiété, la tendresse folle de la jeune marquise pour Laurence, et son besoin impérieux de l'avoir sans cesse à côté d'elle, n'avaient fait qu'augmenter de jour en jour.

Blanche ne pouvait se séparer un instant de l'orpheline qu'elle ne traitait plus comme sa fille, mais comme sa sœur.

La marquise avait vingt-huit ans, nous le savons, mais nous savons aussi qu'elle paraissait n'en avoir que vingt.

Laurence entrait dans sa dix-septième année, et la grâce harmonieuse de ses formes, l'ampleur sculpturale de ses épaules et de sa poitrine, ne permettaient point de la croire plus jeune qu'elle ne l'était en réalité.

Sans ses yeux noirs et ses cheveux sombres, qui formaient un vigoureux contraste avec les yeux bleus et les cheveux blonds de la marquise, il aurait été facile et naturel de prendre la jeune femme et la jeune fille pour deux sœurs.

Toutes les fois que le temps le permettait Blanche et Laurence, assises l'une à côté de l'autre sur les coussins de reps blanc d'une calèche découverte, parcouraient pendant deux ou trois heures les allées du bois de Boulogne, et les promeneurs éblouis conservaient longtemps le souvenir de ces deux femmes si dissemblables et si charmantes, un instant entrevues, et bien vite emportées par le trot régulier d'un rapide attelage.

L'idée que Laurence pouvait être prise pour sa sœur remplissait de joie la marquise.

Afin de venir en aide à cette illusion, elle voulait que la jeune fille fût toujours habillée de la même façon qu'elle-même.

Jamais elle ne se commandait une toilette, sans

commander en même temps pour Laurence une toilette de tout point pareille.

Avant de quitter Auteuil avec son mari et de
voyager pendant cinq ans, la marquise, nous l'avons
dit, se plaisait plus que partout ailleurs dans la
riante solitude de la Folie-Normand ; elle désirait
n'en jamais sortir, et elle ne se mêlait aux fêtes
et aux joies mondaines que lorsqu'il était absolument
impossible de décliner une invitation.

Depuis son retour, un changement complet se
manifestait dans ses habitudes et dans ses goûts.

Elle devenait mondaine autant qu'elle l'avait été
peu jusqu'à ce moment.

Elle ne refusait aucune invitation.

Elle ne manquait plus un seul bal, au grand désespoir de Gaston qui trouvait insupportable cette
existence bruyante et fièvreuse.

Parfois il essayait de se plaindre et de solliciter
un peu de repos, un temps d'arrêt au milieu de ces
plaisirs trop multipliés.

Blanche le laissait dire.

Elle l'écoutait en souriant.

Elle l'embrassait quand il avait fini.

Elle lui répondait :

— Tu sais bien, cher Gaston, que je n'ai d'autre
volonté que la tienne... — Tu sais bien que tout ce
qu'il te plaira que je fasse, je le ferai...

Elle n'ajoutait pas un mot à ces simples phrases si

pleines d'aveugle soumission, et, le soir venu, elle
s'habillait et partait pour le bal où Gaston l'accompagnait, comme il l'avait fait la veille et comme il le
ferait le lendemain, mécontent, mais docile...

Nos lecteurs se demandent sans doute d'où pro-
venait un changement si brusque et si peu prévu
dans les idées et dans les façons d'agir de la marquise.

Blanche prenait-elle en dégoût son intérieur, si
cher autrefois ?...

Trouvait-elle maintenant sans attrait les douces
causeries du foyer conjugal ?

Devenait-elle coquette ?

Enfin, n'aimait-elle plus son mari, ou l'aimait-elle
moins ?

Rien de plus vaste, on le voit, que le champ
ouvert aux conjectures.

Toutes les suppositions que nous venons de
formuler étaient vraisemblables.

Aucune n'était vraie.

La marquise, livrée à elle-même, serait redevenue
à l'instant, et sans la moindre hésitation, la Blanche
du temps passé, amoureuse de la vie de famille et
des joies obscures mais exquises de l'intérieur.

Comme autrefois elle aurait fui le monde
volontiers, et préféré à tout le bonheur idéal et
presque céleste qui s'appelle *la solitude à deux*.

Ces bals, ces fêtes, qu'elle recherchait maintenant
avec une infatigable avidité, ce n'était point pour

elle qu'elle les aimait, c'était pour Laurence.

La jeune fille semblait si heureuse au milieu de ces femmes jeunes, élégantes et belles, qu'elle éclipsait toutes par sa jeunesse, sa grâce et sa beauté !

Elle s'abandonnait avec de si naïfs transports aux mélodieuses ondulations de l'orchestre, aux tournoiements de la valse enivrante !

Une telle admiration l'entourait !

De si flatteurs murmures couraient sur son passage!

Blanche éprouvait des jouissances inouïes à contempler les triomphes de sa fille adoptive,

Quant à ses propres succès, elle y attachait si peu d'importance qu'elle ne les apercevait point, et qu'elle refusait volontiers d'y croire.

La jeune marquise avait d'ailleurs, pour agir ainsi qu'elle le faisait, un motif plus sérieux que celui de préparer à Laurence des ovations quotidiennes.

Elle songeait à assurer le bonheur de l'orpheline en lui donnant un mari digne d'elle.

— Il était impossible, — se disait-elle, — que parmi cette multitude de jeunes gens riches et bien nés, distingués et intelligents, il ne s'en trouvât pas un seul capable de deviner et d'apprécier les qualités sérieuses cachées sous la rayonnante beauté de Laurence.

Devenue romanesque à force de tendresse, Blanche faisait pour l'orpheline les rêves que font pour elles-mêmes les jeunes filles à tête exaltée.

⁄ Elle voulait, non point de ces mariages de conve-
nance qui s'arrangent froidement, raisonnablement,
méthodiquement, comme s'il s'agissait de conclure
une affaire d'intérêt, et dans lesquels le cœur joue
tout au plus un rôle de comparse ; mais un amour
ardent, irrésistible, partagé, conduisant à l'autel
deux êtres jeunes et beaux, par les sentiers enflam-
més de la passion.

Blanche se proposait de doter richement l'orpheline, mais elle tenait par-dessus tout à ce que cette
généreuse intention fût ignorée des prétendants à la
main de Laurence.

La jeune fille étant un trésor d'une incalculable et
inestimable valeur, elle devait être adorée et épousée
pour elle-même.

Celui-là seul pourrait la mériter et l'obtenir qui,
noble et riche et la croyant pauvre, tomberait à ses
genoux, en murmurant d'une voix émue :

— Laurence, je vous aime ! Laurence, voulez-vous
être ma femme ?

Hélas ! rien de plus touchant peut-être, mais aussi
rien de plus naïf, rien de plus parfaitement absurde
que les raisonnements, ou plutôt que les illusions de
la marquise Blanche Castella.

Ces raisonnements démontrent jusqu'à l'évidence
que son ignorance du monde était égale à la bonté
de son cœur.

Lorsque l'orpheline fit ses débuts dans les salons

6.

de Paris, sous le patronage de Gaston et de Blanche, une foule de jeunes gens, une nuée de célibataires entre deux âges, attirés par les rayonnements de cette beauté flamboyante et souveraine, vinrent tournoyer autour de Laurence, comme les phalènes nocturnes autour du point lumineux qui les attire.

Tout le monde connaissait la grande fortune des Castella.

Laurence était sans doute une parente.

Elle devait être riche.

Une belle dot et un délicieux visage; il y avait là de quoi mettre sur le pied de guerre tous les épouseurs de Paris.

Madame Castella triomphait.

— Nous n'avons qu'à choisir... — se disait-elle, — mais rien ne presse... attendons encore... — Laurence mérite de devenir la femme d'un prince, et les princes arriveront à leur tour...

Avons-nous besoin d'ajouter que la jeune fille, étourdie, enivrée par les fumées d'encens qui montaient autour d'elle, partageait ces espérances folles et les exagérait encore.

Qu'on juge de l'étonnement de la marquise et de la déception de l'orpheline, lorsqu'un beau jour, et sans aucun motif apparent, l'armée des soupirants s'éclaircit tout à coup.

Certes, au bal, les danseurs ne faisaient point dé-

faut, mais ceux qui, la veille, se montraient le plus
empressés, affectaient maintenant une excessive réserve, et semblaient craindre de se compromettre en
paraissant épris de l'idole à la mode.

La cause d'un changement si brusque est bien
simple, et nos lecteurs la devinent sans peine.

Nous vivons dans un siècle positif entre tous...

Le *veau d'or* est le seul dieu qui ne trouve aujour-
d'hui ni incrédules ni blasphémateurs.

La question d'argent est à l'ordre du jour, et,
quand il s'agit de se choisir une femme, on songe
d'abord au solide et l'on s'occupe de la dot. — Si
l'argent et l'amour se trouvent réunis, tant mieux ; —
l'affaire, alors, devient superbe, mais, sans argent,
l'amour ne bat plus que d'une aile, et la passion la
plus ardente s'éteint comme un feu de paille...

Un poëte contemporain l'a dit :

> « La dot à la laideur prête bien des appas,
> « Et la beauté sans dot ne se mariera pas ! »

Or les épouseurs les plus empressés et les mieux
épris ne voulant point, selon l'expression vulgaire,
acheter chat en poche, jugèrent prudent d'aller aux
informations avant de formuler une demande positive.

Ces informations et les renseignements obtenus
les mirent au fait de la position de Laurence.

Ils apprirent que la merveille des salons était, e
réalité une orpheline sans famille et sans fortune
recueillie et élevée par charité.

Sans doute les Castella, qui semblaient l'aime
comme si elle leur avait appartenu par les liens d
sang, feraient pour elle *quelque chose*, mais ce *quel*
que chose n'offrait rien de positif, et d'ailleurs le mar
-quis et la marquise, très-jeunes encore l'un et l'autre
pouvaient avoir des enfants, ce qui ne manquerai
point de refroidir singulièrement leur bonne volont
à l'endroit de l'orpheline.

Ces détails, rendus publics avec une promptitud
électrique, firent réfléchir les épouseurs, et le résultat de leurs réflexions fut que la somme des risque
à courir dépassant de beaucoup celle des espérance
vraisemblables, le plus vulgaire bon sens leur ordon
nait impérieusement de s'abstenir et de battre en re
traite.

Nous avons vu déjà qu'ils obéirent avec empresse
ment à cette sage recommandation.

Laurence possédait une intelligence trop active
un esprit trop fin et trop perspicace, pour ne poin
se rendre un compte exact de ce qui se passait.

En tombant du haut de ses rêves dans la réalité
elle éprouva d'abord un mouvement de désespoir e
de découragement.

Elle se révolta contre sa destinée, — elle maudi
Dieu et les hommes.

Mais bientôt, redevenue maîtresse d'elle-même, elle se releva, plus forte et plus vaillante que jamais, et elle se dit, tandis qu'un sourire plein d'amertume soulevait sa lèvre supérieure :

— Je ne puis être ni princesse, ni duchesse, parce que je suis pauvre... Eh bien, soit!... — mais du moins je serai marquise... — je me le jure à moi-même!

VII

SUITE DU PRÉCÉDENT

Gaston Castella, nos lecteurs le savent, n'aimait que très-médiocrement les plaisirs mondains.

A la fête la plus belle et la plus éblouissante, il préférait de beaucoup une soirée dans la solitude auprès de Blanche.

La marquise, de son côté, jusqu'à l'époque où se préparèrent les faits que nous racontons, avait partagé de la façon la plus complète les goûts de retraite et d'isolement de son mari.

Lorsqu'elle se fut persuadée à elle-même qu'il était indispensable de se répandre beaucoup dans le monde, afin de conquérir pour Laurence un mari jeune et brillant, Gaston se résigna de bonne grâce;

— il rompit avec toutes ses habitudes, sinon sans regrets, du moins sans plaintes, et il accompagna chaque soir au bal la marquise et l'orpheline, qui ne pouvaient se passer de sa présence et de son patronage.

Une certaine nuit, vers les deux heures du matin, Gaston venait de quitter une table de bouillotte après avoir perdu cinquante ou soixante louis.

Il avait franchi le seuil de l'un des salons où l'on dansait, — il s'était réfugié au fond de l'embrasure d'une fenêtre, et ses regards s'arrêtaient distraitement, tantôt sur Blanche et tantôt sur Laurence, qui se faisaient vis-à-vis dans un quadrille.

Une lassitude excessive accablait le jeune marquis.

Depuis huit ou dix jours il ne s'était pas mis une seule fois au lit avant quatre heures du matin, et il se demandait à lui-même comment les femmes, ces êtres délicats et frêles en apparence, pouvaient supporter sans mourir, et même sans pâlir, de si écrasantes fatigues...

— Il est évident, — se répondait-il, — que sous ces formes gracieuses, sous cette peau satinée, ces lames cachent des nerfs et des muscles d'acier auprès desquels nos nerfs à nous autres hommes ne sont que des instruments imparfaits et sans résistance.

Selon toute apparence Gaston allait continuer indéfiniment un monologue ainsi commencé, lorsqu'il fut distrait de sa préoccupation par l'arrivée de deux jeunes gens qu'il ne connaissait ni l'un ni l'autre et qui, sans le voir, prirent place devant lui à l'entrée de l'embrasure au fond de laquelle il était debout et immobile.

La conversation s'engagea tout aussitôt entre les nouveaux venus.

— Mon cher comte, — dit l'un d'eux à son compagnon, — vous êtes, si je ne me trompe, l'un des familiers de la duchesse. — Vous ne manquez à aucune de ses fêtes, par conséquent tous ses invités doivent être connus de vous, au moins de vue et de nom...

— A peu près... — répliqua le jeune homme ainsi questionné.

Disons en passant que nous avons transporté nos lecteurs au faubourg Saint-Honoré, dans l'hôtel de la duchesse de Bois-Hardy.

— Alors, — reprit le jeune interlocuteur, — vous voudrez bien, cher comte, me servir de cicerone, à moi qui viens ici cette nuit pour la première fois...

— Je suis absolument à vos ordres... — j'espère que vous n'en doutez pas.

— Je n'en doutais pas, en effet, et je vous en remercie très-sincèrement.

— Quand vous plaît-il que j'entre [en fonctions?...

— Tout de suite.

— Qu'avez-vous à me demander ?

— D'abord, quelle est cette jeune femme, ou plutôt, je crois, cette jeune fille, d'une beauté si merveilleuse, si étourdissante, si invraisemblable, qui
danse presque en face de nous ?

— Il y a ce soir, au bal de la duchesse, beaucoup
de jeunes femmes et de jeunes filles miraculeuse-
ment belles et jolies. — Désignez-moi donc, je vous
prie, d'une façon plus précise, celle de qui vous
voulez parler.

— Celle de qui je parle est grande et mince, d'une
pâleur dorée, avec des yeux noirs immenses et de
magnifiques cheveux noirs... — Dans sa chevelure
elle porte une rose ; — elle est entièrement vêtue de
blanc, avec des perles autour du cou.

Gaston chercha des yeux l'original du portrait si
rapidement crayonné, et du premier coup d'œil il
reconnut Laurence.

Le jeune homme qui venait de parler reprit :

— Il est impossible de s'y tromper, n'est-ce pas ?...
et maintenant vous pouvez me répondre ?

— Parfaitement.

— Faites-le donc... — Est-ce une jeune femme,
ou une jeune fille ?

— C'est une jeune fille... ou plutôt, c'est un roman
en robe blanche, avec des perles autour du cou et
une rose dans les cheveux...

— Un roman !

II.   7

— Oui.

— Vous m'intriguez au delà de toute expression...
Je vous en prie, expliquez-vous vite.

— Quel air trouvez-vous à cette belle enfant ?

— L'air d'une jeune reine, à coup sûr. La distinction de son origine, la pureté de sa race sont écrits
en caractères irrécusables sur son visage, dans son
attitude, dans sa démarche, et jusque dans ses
moindres mouvements.

— C'est là votre avis?

— N'est-ce point le vôtre ?

— Assurément... — Ce qui n'empêche point cette
jeune reine, comme vous venez de le dire, d'être la
propre fille d'un vieux misérable, mendiant, voleur
et assassin, tué à Auteuil, il y a une dizaine d'années,
en flagrant délit d'escalade et d'effraction !...

— Parlez-vous sérieusement?

— Je ne me permettrais pas une plaisanterie en
semblable matière, je vous prie de le croire.

— Mais ne vous trompez-vous point?

— Non... j'ai la certitude d'être bien renseigné.

— C'est que la chose est invraisemblable !

— J'en conviens... Ce qui ne l'empêche pas d'être
vraie.

— Alors, comment peut-il se faire que cette fille
d'un bandit soit reçue dans l'un des salons les plus
aristocratiques de Paris, dans le salon de la duchesse
de Bois-Hardy ?

— Rien n'est plus simple... — Ce n'est point à l'enfant d'un misérable que s'ouvrent toutes les portes, c'est à la fille adoptive du marquis et de la marquise Castella...

— Ainsi, le marquis et la marquise?...

— Ont recueilli et élevé l'enfant dont le père venait d'être tué.

— Ce sont des étrangers, sans doute?

— La marquise est Française... le marquis est Vénitien et millionnaire...

— Ils ne sont jeunes ni l'un ni l'autre, j'imagine.

— C'est ce qui vous trompe.

— Ah! bah!

— Le marquis est un homme de notre âge... — La marquise a l'air d'être la sœur, et tout au plus la sœur aînée, de la merveille qui vous éblouit.

— Elle est jolie?

— Délicieuse. — Et tenez, vous pouvez à l'instant en juger par vos propres yeux... — Voilà madame Castella... — Elle danse avec le vicomte d'Audival, que vous connaissez.

— Cette jeune femme blonde, qui porte des grappes de diamants dans ses cheveux blonds et qui a des épaules de marbre blanc?...

— Elle-même... — Comment la trouvez-vous?

— Je la trouve très-charmante, sans contredit, mais encore plus imprudente que jolie.

— Imprudente!... — Elle!... — La marquise!...

— Pardieu !

— Et... en quoi donc, s'il vous plaît ?

— Avant de vous répondre il faut que je vous fasse une question.

— Laquelle ?

— Madame Castella aime-t-elle son mari ?

— Elle l'adore... — La marquise et le marquis sont un de ces couples modèles que chacun admire, que les langues les plus médisantes et les plus envenimées n'osent point attaquer et, malgré elles, doivent respecter.

— Dans ce cas, madame Castella est plus qu'imprudente, elle est folle.

— Mais, encore une fois, en quoi donc ?...

Avons-nous besoin de dire avec quel intérêt haletant, avec quelle fiévreuse curiosité, Gaston écoutait cet entretien qui le touchait d'une façon si directe, si immédiate ?

— Oui, mon cher comte, — répondit le jeune homme, — la marquise est folle, je le maintiens... folle à lier, d'installer à son foyer, de garder auprès d'elle, dans son intérieur, cette étourdissante créature qui finira, un peu plus tôt ou un peu plus tard, par lui voler le cœur de son mari... si toutefois ce n'est déjà fait.

— Quelle étrange supposition !

— Ce n'est pas une supposition, c'est une certitude.

— La marquise est assez belle pour ne craindre aucune rivale.

— La marquise est belle, cela est certain, mais d'une beauté douce et calme, d'une beauté blonde, d'une beauté *tranquille*, — si je puis m'exprimer ainsi, — qui ne saurait entrer un seul instant en lutte avec la beauté capiteuse, vertigineuse, enivrante, de cette fille aux cheveux noirs. — Vivre sans cesse à côté d'une telle créature, sans l'aimer, sans l'idolâtrer, sans en perdre la tête, est chose matériellement impossible... — Soyez certain qu'à l'heure qu'il est le marquis, sans le savoir peut-être, adore déjà sa fille adoptive, et qu'il suffira de la plus fortuite circonstance pour lui ouvrir les yeux et pour mettre le feu aux poudres, et alors, gare l'explosion !

— Supposez-vous donc que M. Castella soit capable d'abuser lâchement du pouvoir moral que sa situation lui donne sur cette jeune fille ?

— Je n'ai point l'honneur de connaître le marquis, et je ne suppose quoi que ce soit. — Mais j'ai quelque expérience... je sais que la passion fait tout oublier, qu'elle ne recule devant rien, et que, lorsqu'elle parle, la raison, la dignité, la conscience et l'honneur se taisent !

— Mais la jeune fille est honnête...

— Je ne songe point à le nier, mais, pour parler comme défunt M. de la Palisse, — *toutes les femmes sont honnêtes, jusqu'au moment où elles cessent de l'être...*

— Quelle philosophie désespérante !

— Désespérante comme la vérité.

— Vous voyez les choses trop en noir !...

— Je les vois juste comme elles sont.

— Il est cruel de reprocher à la marquise une bonne action... une action généreuse...

— J'admire la belle action, mais je prétends qu'il est absurde de la continuer à partir du moment où elle devient périlleuse. — Madame Castella, sans aucun doute, a fort bien agi jadis en recueillant une orpheline, en la faisant élever et en l'aimant d'une tendresse de mère... mais aujourd'hui l'enfant est une jeune fille, aujourd'hui la jeune fille est dangereuse, — il faut se débarrasser d'elle au plus vite.

— Et de quelle manière ?

— En la mariant, pardieu !

— L'épouseriez-vous, vous qui parlez ?...

— Que le ciel m'en garde !

— Pourquoi donc ?...

— Elle est trop belle !

— Voilà une étrange raison !

— Je n'en connais pas de plus juste ni de meilleure.

— On pourrait la discuter, cependant...

— On peut toujours tout discuter, mais on ne m'empêchera pas d'être dans le vrai. — Une femme d'une beauté si complète et si foudroyante est coquette par la force des choses... — Des hommages incessants l'entourent!... — d'innombrables adorateurs exaltent ses perfections sur les modes les plus dithyrambiques !... — elle finit par se considérer, de la meilleure foi du monde, comme une créature d'ordre supérieur, en même temps reine et déesse, et, du haut de son piédestal, elle regarde son pauvre mari avec le plus écrasant dédain... — Je n'envie point une telle destinée, je l'avoue, et l'honneur d'être le *prince-époux* d'une merveille me causerait un enivrement médiocre..

La conversation se termina là, ou plutôt, comme le quadrille venait de finir, les deux jeunes gens quittèrent l'embrasure de la fenêtre pour aller sans doute continuer un peu plus loin leurs observations.

Gaston, demeuré seul au milieu de la foule et du bruit, se trouva soudainement en proie à la plus puissante émotion, au trouble le plus poignant qu'il eût éprouvé jamais.

Pour la première fois, depuis que Laurence était une jeune fille grande et souverainement belle, l'idée qu'on pouvait le supposer amoureux de cette jeune fille se présentait à son esprit, et lui causait une indignation réelle mêlée d'une sorte d'étrange volupté.

Il se rappelait les moindres paroles qui venaient d'être prononcées devant lui, et ces paroles s'inscrivaient dans son cerveau en caractères flamboyants.

L'un des jeunes gens avait dit :

— *Il est impossible de vivre à côté de cette créature*

*enchanteresse sans l'aimer, sans l'adorer, sans en perdre
la tête.*

Puis, quelques instants après, ce même jeune
homme avait ajouté :

— *Tenez pour certain qu'à l'heure présente le marquis Castella, peut-être à son insu, est très-éperdûment
épris de sa fille adoptive.*

Gaston s'interrogeait avec épouvante, et se demandait en tremblant s'il y avait quelque chose de vrai
dans ces affirmations si positives, et si les premières
atteintes d'une passion adultère, d'un amour deux
fois criminel et deux fois infâme, se faisaient sourdement sentir.

Vainement il se répondait que dans tout cela il n'y
avait que mensonges et qu'illusions.

Vainement il se répétait qu'il aimait Blanche plus
que jamais, qu'il l'adorait de toutes les puissances
de son âme ; il ne se sentait point rassuré, et il ne
pouvait parvenir à dominer ce trouble qui l'envahissait de plus en plus.

Deux ou trois heures s'écoulèrent encore avec une
lenteur désespérante ; puis les salons de l'immense
hôtel se dégarnirent peu à peu.

Le bal touchait à sa fin et Blanche, s'approchant
de son mari qu'elle avait découvert non sans peine
au fond de l'embrasure où il méditait, lui témoigna
le désir de retourner à Auteuil.

La nuit était froide et singulièrement lumineuse.

La lune en son plein étincelait dans un ciel d'une incomparable transparence, et répandait des clartés presque pareilles à celles d'une brumeuse matinée d'hiver.

Tandis que les chevaux foulaient rapidement la terre durcie de la grande avenue des Champs-Élysées, Gaston, placé sur le devant de la calèche, regardait Blanche et Laurence assises, ou plutôt à demi étendues en face du lui.

Après les fatigues de la danse, un sommeil irrésistible avait saisi la jeune femme et la jeune fille au sortir du bal.

Elles dormaient l'une à côté de l'autre dans un gracieux désordre; — la tête de Blanche s'appuyait sur l'épaule de Laurence, qu'elle inondait des boucles ruisselantes et parfumées de ses cheveux blonds.

Les lèvres de Gaston murmurèrent :

— En vérité ces jeunes gens ne savaient ce qu'ils disaient!... — Laurence est charmante à coup sûr, mais Blanche est de beaucoup la plus belle des deux...

En parlant ainsi, le marquis cherchait à se persuader à lui-même que telle était sa pensée intime.

Nous devons ajouter qu'il n'y réussissait point d'une façon bien complète, et qu'à chaque regard jeté sur le pâle visage de Laurence, une voix intérieure lui criait :

7.

— Tu mens ! — c'est celle-là qui est la plus belle!
c'est celle-là dont la beauté recèle des philtres magiques et irrésistibles... — c'est celle-là, enfin, qu'il
est impossible de ne point aimer !...

. . . .

Le lendemain, dans la matinée, Gaston était rentré
en possession de tout son sang-froid, de toute son
énergie, et il en avait fait usage pour prendre un parti
décisif.

— Quoi qu'il en soit, — s'était-il dit, — et quoi
qu'il doive arriver, une telle situation ne peut se prolonger plus longtemps... — Si injuste que soit un
soupçon, il laisse une flétrissure après lui... Or,
l'intérieur où vit ma femme ne doit point être
soupçonné. — Il faut que Laurence se marie!...
— Il faut qu'avant un mois elle ait quitté cette
maison !...

VIII

UNE DEMANDE INATTENDUE

Gaston entra dans la chambre de sa femme, parfaitement décidé à l'amener par tous les moyens à partager son opinion, sans toutefois, bien entendu, lui laisser rien soupçonner des motifs nouveaux et impérieux qui le guidaient, et de l'étrange conversation à laquelle il avait assisté la veille au soir.

— Ma chère Blanche, — lui dit-il, en entamant l'entretien par un détour qui devait le conduire au but presque aussi vite que le droit chemin, — ma chère Blanche, est-ce que tu ne commences pas à te fatiguer outre mesure de l'existence ultra-mondaine que nous menons depuis quelque temps?...

— A quel propos cette question, mon ami? — demanda la jeune femme.

— Fais-moi le plaisir d'y répondre... — les explications viendront ensuite...

— Eh bien, oui, — j'en conviens de tout mon
cœur, — les bals, les fêtes, les raouts, me causent une
extrême lassitude et ne me procurent que des plaisirs infiniment douteux.

— Je n'ai pas besoin de t'affirmer, — fit Gaston en
souriant, — qu'il en est de même pour moi...

— Hélas! mon ami, je ne m'en aperçois que trop
bien !... — Tu nous conduis au bal sans te plaindre,
avec la résignation d'un martyr... — C'est très-touchant, mais ce n'est point gai...

— Ne trouves-tu pas qu'il serait tout simple de renoncer à ces joies bruyantes qui nous excèdent l'un
et l'autre, et de revenir à cette bonne et charmante
vie de famille dont nous ne nous lasserons jamais?...

— Je le souhaiterais autant que toi, mais tu sais
bien qu'en ce moment c'est impossible...

— Pourquoi cela?

— A cause de Laurence...

— Tu regardes donc comme un devoir de continuer ta chasse aux maris?...

— Sans doute, et plus que jamais.

— L'insuccès complet de tes démarches jusqu'à
ce jour ne te décourage point?

— S'il fallait se décourager pour quelques échecs,
on n'arriverait à rien en ce monde.

— Qu'espères-tu donc encore ?

— J'espère qu'un homme bien né, riche, jeune et beau, digne enfin de notre fille adoptive, la comprendra, deviendra amoureux d'elle et nous demandera sa main.

— Tu as vu, cependant, que tous ceux qui jusqu'à ce jour semblaient se mettre sur les rangs se sont retirés l'un après l'autre.

— Parce qu'ils manquaient à la fois d'intelligence et de cœur... — Celui que j'attends... celui sur lequel je compte, finira tôt ou tard par arriver.

Gaston secoua la tête.

— Eh quoi! tu doutes?... — s'écria Blanche, scandalisée.

— Je fais plus que douter... j'ai la conviction, j'ai la certitude, que tes espoirs ne se réaliseront pas.

— Et la raison de cette certitude, je te prie?

— C'est que nous suivons maladroitement un chemin sans issue. — Cette exhibition de Laurence au milieu des salons de Paris est déplorable!... Cette croyance que sa beauté souveraine fera naître une grande passion est insensée!... On ne voit aujourd'hui de mariages d'amour que dans les vaudevilles... Les romanciers mêmes n'en veulent plus. Si tu te contentes d'attendre un mari, ce mari ne viendra pas, c'est moi qui t'en réponds... Il faut faire mieux, et surtout il faut faire autrement...

— Je suis toute disposée à te croire et à agir selon tes conseils. Trace-moi la route, je la suivrai...

— D'abord et avant tout il faut nous entendre avec ma mère, et fixer le chiffre de la somme que nous constituerons en dot à Laurence...

— Et ensuite?

— Il ne manque pas, dans le monde, de bonnes âmes dont le plus grand plaisir et pour ainsi dire l'unique occupation sont de s'entremettre dans des mariages, et, pour ma part, j'en connais cinq ou six... Nous tiendrons à ces bonnes âmes ce petit discours, ou à peu près : — *Laurence a deux cent mille francs de dot et elle est belle comme un astre... Trouvez-nous quelque charmant jeune homme qui s'arrange de son argent et de sa beauté.* — Les bonnes âmes se mettront aussitôt en campagne... — Les épouseurs sérieux afflueront, et tu n'auras plus qu'à choisir celui qui te paraîtra remplir le mieux les conditions requises... — Que dis-tu de cela..., chère Blanche?

— Je dis que tu me décourages et que tu me désespères !

— Pourquoi donc?

— Parce qu'une union ainsi conclue sera bien moins un mariage qu'une *affaire!*... parce que le chiffre de la dot l'emportera sur les beaux yeux de Laurence... parce qu'enfin ce n'est point *pour elle-même* qu'on épousera cette chère enfant.

— Qu'importe ! pourvu qu'on l'épouse ?...

— Ah! ce n'est pas là ce que j'avais rêvé pour elle.

— Oui... oui... je le sais bien... — Tu faisais du roman, et je te montre la réalité.

— Laisse-moi du moins attendre et espérer quelque temps encore.

— Je voudrais te céder toujours et en toutes choses... chère Blanche... tu ne l'ignores pas... et cependant je te refuse. Un retard serait inutile... par conséquent il serait fâcheux.

— On croirait que tu as hâte de te débarrasser de Laurence... La présence de la pauvre orpheline dans notre maison est-elle donc une fatigue, est-elle donc un ennui pour toi?

— Non, certes, — répondit Gaston, dont une faible et involontaire rougeur vint colorer le visage, — mais j'ai hâte, j'en conviens, de voir Laurence prendre dans le monde la position qui doit être la sienne, et commencer réellement la vie... — et, n'en doute pas, chère Blanche, c'est l'intérêt qu'elle m'inspire, c'est l'affection que j'ai pour elle, qui me font parler ainsi.

A de telles paroles, à de semblables raisonnements, empreints d'une sagesse et d'une prudence inattaquables, Blanche n'avait rien à répondre.

Elle ne pouvait que s'avouer vaincue, sinon convaincue...

Il ne lui restait qu'à céder.

— Elle céda, — quoique à regret, — et il fut décidé que Gaston, muni de pleins pouvoirs, agirait sans retard, et qu'au lieu de donner au milieu des fêtes la chasse aux épouseurs, on attendrait désormais les épouseurs à la Folie-Normand.

A peine l'entretien auquel nous venons de faire assister nos lecteurs venait-il de se terminer que le valet de chambre de Gaston vint trouver son maître et lui remit une carte.

Sur cette carte était gravé ce nom, tout à fait inconnu du mari de Blanche :

Emmanuel   Enjalbert.

— Qui vous a remis ceci ? — demanda Gaston.

— Un monsieur de très-bonne mine. — répondit le valet. — Ce monsieur prie monsieur le marquis de lui faire l'honneur de lui accorder un entretien de quelques minutes... — Il paraît qu'il a des choses de la plus haute importance à communiquer à monsieur le marquis...

— Où est ce monsieur ?

— Dans le vestibule.

— Que lui avez-vous répondu ?

— Que j'ignorais si monsieur le marquis pourrait le recevoir... Il attend la décision de monsieur le marquis.

— C'est bien... Conduisez ce monsieur au salon, où je vais le rejoindre dans un instant.

Le valet de chambre sortit pour exécuter cet ordre

Gaston se hâta de quitter son costume du matin, et à son tour il entra dans le salon.

Là il se trouva en présence d'un jeune homme de vingt-six à vingt-sept ans, d'une beauté réelle et d'une distinction incontestable.

Ce visiteur était mis avec une élégance de bon goût dont la recherche n'excluait point la simplicité.

Il semblait d'ailleurs extrêmement timide, et fort embarrassé de sa personne et de sa démarche.

Cet embarras fut surtout visible au moment de l'entrée de M. Castella.

Tandis que le visiteur s'inclinait, ses joues devinrent pourpres comme celles d'une jeune fille à qui l'on parle d'amour pour la première fois.

Tout en lui rendant son salut, Gaston se dit à lui-même :

— Le nom de ce jeune homme m'était inconnu, mais je connais déjà sa figure... — Je crois être sûr de l'avoir rencontré plus d'une fois dans le monde depuis quelque temps.

Puis, à voix haute, il ajouta :

— C'est à monsieur Emmanuel Enjalbert que j'ai le plaisir de parler ?

— Oui, monsieur le marquis, — répondit le visiteur, — et je vous remercie mille et mille fois d'avoir bien voulu me recevoir, moi qui n'ai pas l'honneur d'être connu de vous.

— Je suis heureux de l'avoir fait, — répliqua

Gaston. — Et maintenant permettez-moi de vous demander en quoi je puis vous être utile ou agréable.

— Je vais sans doute, monsieur le marquis, abuser de votre patience... — murmura le jeune homme.

— En aucune façon... je vous assure.

— C'est qu'il est indispensable, monsieur le marquis, qu'avant de vous exposer le but de ma visite, je vous parle de moi-même avec quelques détails.

Ce début original piqua vivement la curiosité de Gaston.

— Parlez-moi donc de vous d'abord... — dit-il en souriant, — je vous écouterai, je vous l'affirme, avec beaucoup d'attention et d'intérêt.

— Je serai peut-être un peu long.

— Ne vous inquiétez point de cela... — Tout mon temps m'appartient, et vous pouvez parler à votre aise aussi longtemps qu'il vous plaira.

— Ah ! monsieur le marquis, l'excès de votre bonté me rend vraiment confus.

— Avant de commencer, voulez-vous un cigare ?

— Mille fois merci, mais je ne fume jamais...

— Du moins, vous me permettez de fumer ?

— Monsieur le marquis, je vous en supplie.

Gaston s'enveloppa d'un nuage de vapeur parfumée, et le jeune homme prit la parole.

— Monsieur le marquis, — dit-il, — la carte que j'ai eu l'honneur de vous faire remettre vous a fait connaître mon nom... — Je ne suis point gentilhomme, mais j'appartiens à une très-honorable famille de vieille bourgeoisie, originaire de Normandie... Mon aïeul paternel fut premier magistrat de la ville de Rouen en 1760.

Le visiteur s'interrompit.

— Excusez-moi, je vous en conjure, monsieur le marquis, — balbutia-t-il, — mais vous ne tarderez point à comprendre la nécessité pour moi d'entrer dans de tels détails fastidieux pour vous au plus haut point.

— Continuez, je vous en prie, — fit Gaston. — Mon attention vous est acquise...

Emmanuel Enjalbert reprit :

— J'ai vingt-six ans, je suis orphelin depuis ma plus tendre enfance, et le plus jeune de quatre frères, dont l'aîné est lieutenant de vaisseau, le second capitaine d'infanterie et le troisième conseiller de préfecture à Rouen...

— On ne saurait trouver de positions plus sérieuses et plus recommandables, — dit M. Castella.

— Moi-même, — poursuivit Emmanuel, — je suis attaché au ministère de la marine, en qualité d'expéditionnaire et aux appointements de deux mille quatre cents francs... — mon chef de bureau est content de mon exactitude et de mon zèle, et je crois pouvoir compter sur un avancement assez rapide.

» Mon père avait quelque fortune, environ vingt-quatre ou vingt-cinq mille livres de rente.

» Chacun de mes frères et moi nous possédon
par conséquent, six mille deux cent cinquante franc
de revenu... —C'est bien modeste, monsieur le mar
quis, c'est presque la pauvreté, mais j'ai des goû
simples, et non-seulement je me suis contenté sar
peine du peu que je possède, mais encore il m'a é
possible de réaliser quelques économies.

— Voilà certes, un honnête jeune homme ! -
se dit Gaston à lui-même, — mais à quoi diable e
veut-il venir?...—Il m'est impossible de le deviner !.

Emmanuel Enjalbert continua d'une voix plu
ferme, et avec plus d'assurance qu'il n'en avait mor
tré jusqu'alors :

— Je le dis avec conviction, monsieur le marquis
on peut étudier rigoureusement mon passé...on peu
fouiller ma vie...on n'y trouvera pas une action dor
je doive rougir, pas même une de ces folies d
jeunesse auxquelles la fougue de l'âge pourrait peut
être servir d'excuse... Je ne prétends point d'ailleur
m'en faire un grand mérite à vos yeux... — j
suis d'une nature très-calme, et les plaisirs peu déli
cats, dont l'attraction n'est que trop réelle sur bor
nombre d'autres, ne sont absolument point de mor
goût...

— Je suis heureux, monsieur, — interrompit Gas
ton, — de trouver entre nous ce point de ressem
blance.

—C'est un très-grand honneur pour moi, monsieu

e marquis, de vous ressembler en quelque chose !...
— répliqua le visiteur. — J'aime la bonne compagnie ;
es réunions élégantes me charment, et, grâce aux re-
ations de ma famille, j'ai pu me faire accepter dans
a meilleure compagnie de Paris... — Ceci vous expli-
ue, monsieur le marquis, comment, cet hiver, j'ai
u souvent le plaisir de vous rencontrer dans le
monde.

Gaston salua.

— J'avais en effet la certitude, — dit-il, — que votre
gure m'était bien connue.

— Vous savez maintenant, monsieur le marquis,
e qu'il m'importait si fort de vous apprendre à
ropos de moi, — reprit Emmanuel Enjalbert, — et
'en arrive au but de ma visite.

Ici la voix du jeune homme se fit tremblante de
nouveau, et son embarras, un instant disparu, rede-
int tel qu'il avait été au début de l'entretien.

— Presque chaque soir, au bal, je voyais madame
a marquise et mademoiselle Laurence... — balbutia-
il, — et plus d'une fois mademoiselle Laurence a
aigné me faire l'honneur de danser avec moi.

— Je commence à comprendre, — pensa Gaston.

Emmanuel poursuivit :

— Parmi toutes les autres jeunes filles, même parmi
es plus charmantes, je trouvais mademoiselle Lau-
ence belle comme une déesse au milieu de ses nym-
hes... — Je la regardais avec une sorte d'enivrement,

et je ne croyais éprouver pour elle qu'une admi[
tion enthousiaste...

» Un jour je m'aperçus avec terreur, presque a[
désespoir, que je me trompais sur la nature du s[
timent qui remplissait mon cœur.

» Hélas !... ce n'était pas de l'admiration...

» C'était de l'amour !...

» J'aimais avec ardeur, avec passion, avec déli[
— j'aimais de toutes les puissances de mon être!
j'aimais comme un insensé !...

» Cette découverte me causa une horrible so[
france, monsieur le marquis, car je ne me faisais [
cune illusion sur mon peu de mérite, et je me dis[
qu'un tel amour était sans espoir.

» Je croyais alors que mademoiselle Laurence
partenait à votre famille.

» Je la croyais riche.

» Je la voyais entourée d'adorateurs qui tous
laient mille fois plus que moi par leur fortune, [
leur position dans le monde.

» Que pouvais-je donc attendre, moi pres[
pauvre, moi tout à fait obscur, moi que rien ne rec[
mandait à l'attention d'une jeune fille ?...

» J'allais prendre le parti de renoncer au mon[
de m'éloigner de Paris pour quelque temps, de co[
battre enfin par tous les moyens cette passion f[
qui ne pouvait amener à sa suite que mon malhe[
lorsque j'appris tout à coup que mademoiselle L[

rence ne possédait rien, pas même un nom, pas même une famille, puisqu'elle était une orpheline recueillie et élevée par la charité de madame la marquise.

» Cette nouvelle imprévue me rendit le courage et l'espérance !...

» Je me dis que l'abîme entrevu par moi jusqu'à ce moment entre mon amour et celle que j'aimais, n'existait plus, ou que du moins, peut-être, il n'était point infranchissable.

» Je pris le parti de venir à vous, et de vous dire :

» — Monsieur le marquis, je suis un honnête homme, — j'ai de quoi vivre et de quoi faire vivre celle qui deviendra ma femme... — J'adore mademoiselle Laurence... — voulez-vous me la donner ?... — je vous jure de la rendre heureuse...

IX

LE PRÉTENDU

En écoutant le langage si simple et si noble à la fois, si plein de franchise et de loyauté, d'Emmanuel Enjalbert, Gaston Castella ne put se défendre d'une vive émotion.

Quelle différence en effet entre ce jeune homme si sincèrement épris, n'osant aspirer à la main de Laurence que depuis qu'il la savait sans famille et sans fortune, et ces avides soupirants, bien moins amoureux de la personne que de la dot, et dont on voyait la passion s'évanouir aussitôt que les avantages pécuniaires devenaient problématiques !

Tout en se livrant aux réflexions qui précèdent, le marquis gardait le silence.

Ce silence fut interprété par Emmanuel d'une façon défavorable.

— Vous ne me répondez pas, monsieur le marquis, — balbutia-t-il, — vous craignez, je le vois bien, de me blesser par un refus, auquel, hélas ! je ne m'attends que trop ! — Mes espérances étaient folles, n'est-il pas vrai ? Je suis indigne d'obtenir le trésor inappréciable que je convoite. — Mademoiselle Laurence dédaignerait ma recherche... ou bien déjà, peut-être, elle est promise ailleurs ! — Un plus heureux, un mieux inspiré, sans doute, m'a devancé près de vous. — Ah ! monsieur le marquis, prenez pitié de l'angoisse qui me dévore... Dites-moi tout, je vous en supplie ! Quelle que soit la vérité, j'aurai de la force pour l'entendre.

— Aucune de vos inquiétudes n'est fondée, monsieur... — répondit Gaston en souriant, — et d'abord, donnez-moi votre main... c'est la main d'un honnête homme qui mérite toute mon estime, et je suis heureux de la presser dans les miennes.

— Eh quoi ! — s'écria Emmanuel Enjalbert, en passant sans transition du découragement à l'exaltation, — est-ce bien vrai ? est-ce bien possible, monsieur le marquis ? Je puis espérer ? vous accueillez ma demande !

— Cher monsieur, vous allez vraiment trop vite, — interrompit Gaston avec un nouveau sourire.

— Me suis-je donc trompé ? — reprit le jeune

homme en devenant pâle, — ai-je mal compris vc
paroles bienveillantes ?

— Nullement... J'apprécie votre caractère et votr
démarche, et je suis loin de rejeter la demande qu
vous m'avez fait l'honneur de m'adresser ; ma fill
adoptive n'est promise à personne, et je crois pou
voir vous donner la certitude que son cœur est par
faitement libre.

— O bonheur !!... — dit Emmanuel presqu
malgré lui.

— Mais, — poursuivit le marquis, — vous deve
comprendre qu'il n'appartient point à moi seul d
disposer de la main de Laurence.

— Certes, je le comprends, — balbutia le visiteu

— Pour rien au monde je ne voudrais imposer
ma fille adoptive un mariage quel qu'il soit.

— Et vous avez cent fois raison, monsieur l
marquis.

— Ce sera donc à vous de plaire à Laurence et d
vous faire agréer par elle.

— Y parviendrai-je jamais ?

— Pourquoi non ?

— Je me connais... — Je n'ai rien de ce qu'il fau
pour séduire une jeune fille.

— Vous êtes trop modeste !

— Non, non... ma timidité seule suffirait à m
faire envisager, par celle que j'aime, sous le poir
de vue le moins favorable.

— N'en croyez rien, — les jeunes filles sont pleines d'indulgence, soyez-en convaincu, pour la timidité que l'amour inspire.

— Il est si difficile d'ailleurs, — continua M. Enjalbert, — il est si difficile, au milieu de la foule et du bruit des salons, de sortir des banalités les plus prévues, — en un mot, et pour me servir d'une expression que l'usage autorise, *de faire sa cour.*

— Aussi n'est-ce pas dans les salons que vous verrez Laurence.

— Où donc, alors ?...

— Ici... — A partir d'aujourd'hui ma maison vous est ouverte, et je vais, dans un instant, vous présenter à ma femme.

— Ah ! monsieur le marquis, — s'écria Emmanuel transporté de joie, — votre bonté me comble et me confond ! — Quelle reconnaissance ne vous dois-je pas ?...

Gaston coupa court aux expansions du visiteur en frappant sur un timbre.

Un valet accourut.

— Prévenez madame la marquise que je désire lui présenter quelqu'un, — dit M. Castella à ce valet — et demandez-lui si elle veut bien me faire la grâce de descendre au salon.

Le domestique s'inclina et sortit.

Il revint presque aussitôt apporter cette réponse :

— Madame la marquise sera au salon dans quelques minutes.

Blanche, en effet, ne se fit point attendre.

La présentation d'Emmanuel Enjalbert eut lieu, mais sans que Gaston entrât dans le moindre détail relatif aux intentions du nouveau venu et au but de sa visite.

Naturellement il ne fut point question de Laurence.

Au bout d'un instant le timide amoureux prit congé.

M. Castella voulut le conduire jusqu'à la grille, où l'attendait une voiture de remise.

Au moment de se séparer de son hôte, Emmanuel ne put s'empêcher de dire :

— Eh quoi ! monsieur le marquis, c'est bien vrai... vous me permettez de revenir ?...

— Sans doute.

— Quand ?

— Aussitôt que vous voudrez.

— Ainsi, dès demain ?

— Dès demain, soit !

— Et je verrai mademoiselle Laurence ?...

— Vous la verrez, rien n'est plus certain...

Emmanuel Enjalbert saisit les mains de Gaston et les serra de toutes ses forces, sans pouvoir prononcer une seule parole tant il était ému.

Il remonta ensuite dans une voiture de louage, et,

le cœur plein d'une joie débordante, il reprit le chemin de Paris.

La marquise attendait son mari sur le perron de la Folie-Normand.

— Quel est donc ce jeune homme?... —lui demanda-t-elle, — et pourquoi me l'as-tu présenté?...

— Tu es curieuse de le savoir ?... — fit Gaston.

—Oui, très-curieuse, je l'avoue.

— Je ne répondrai cependant à tes questions que lorsque tu auras toi-même répondu à celle-ci : — *Comment trouves-tu ce jeune homme ?...*

— Il m'a paru bien élevé et homme du monde, quoique singulièrement timide...

— Et sa tournure, son visage ?...

— Agréables, je crois, et distingués. — J'ai remarqué surtout son regard, qui m'a semblé rempli de franchise.

— Ainsi, ton impression générale est satisfaisante?...

— Sans aucun doute.

— Ah! ma chère Blanche, voilà qui m'enchante plus que je ne saurais le dire...

— Puis-je enfin apprendre pourquoi? — J'ai répondu... — c'est à ton tour de répondre.

— Et je vais le faire... — Ce jeune homme est un amoureux et un mari futur.

— Pour Laurence?... — s'écria la marquise.

Gaston se mit à rire.

8.

— Il me semble... — répliqua-t-il, — qu'il n'y a que Laurence à marier ici.

— Alors, — reprit Blanche vivement, — raconte-moi vite tout ce qui s'est passé entre vous... J'attends avec une impatience inouïe.

— Ce récit sera bien court et bien simple, et je crois qu'il te charmera.

Gaston répéta presque mot pour mot à sa femme le petit discours d'Emmanuel Enjalbert.

— Tu dois être contente! — ajouta-t-il quand il eut achevé, — ton rêve romanesque se réalise... Laurence est aimée pour elle-même.

— Assurément, — répondit la marquise avec une nuance de froideur, — ce jeune homme me paraît recommandable, et je crois qu'il mérite beaucoup d'estime et d'affection.

— Comme tu dis cela sans enthousiasme!...

— Cela tient à ce que mon enthousiasme a des bornes.

— Je ne te comprends plus. Je m'attendais de ta part à des transports d'allégresse...

— Je suis d'avis que rien ne les motive! Tout en appréciant les qualités sérieuses de M. Enjalbert, j'espérais pour Laurence un bien autre parti.

— Je ne reconnais guère ton bon sens habituel... Que manque-t-il, je te prie, à notre prétendu?

— Oh! beaucoup de choses.

— Lesquelles?

— D'abord il n'est pas gentilhomme.

— Ah çà!... — fit Gaston en souriant, — je ne crois pas que notre chère Laurence soit née sur les marches du trône !

— Sa beauté devait la faire reine...

— D'accord ; mais les sceptres vacants nous font défaut... Continue.

— La position de ce jeune homme me semble bien modeste.

— Je la trouve, moi, parfaitement honorable.

— La femme d'un expéditionnaire est peu de chose dans le monde...

— La femme d'un honnête homme est quelque chose partout.

— M. Enjalbert n'a pas de fortune.

— Il a près de dix mille livre de rente en y comprenant ses appointements... La dot que nous donnerons à Laurence produira un revenu égal. Or, je déclare que ce jeune ménage ne sera pas fort à plaindre avec vingt mille francs à dépenser par an.

— Tu as réponse à tout.

— Parce que j'ai pour moi la vérité et la raison.

— Je n'en veux pas douter puisque tu l'affirmes ; mais Laurence aimera-t-elle ce jeune homme ?

— Ceci est une autre question, et c'est Laurence seule qui pourra nous éclairer à ce sujet.

— Ton intention, je l'espère, n'est pas de la contraindre ?

— Non, certes.

— Que lui diras-tu?

— Rien.

— Comment?

— Je veux qu'elle ait pu voir et apprécier penda
plusieurs jours M. Enjalbert, avant de lui apprenc
qu'il m'a demandé sa main. — Il me semble que ce
ignorance de ses projets de mariage lui permettra
juger ce prétendant beaucoup mieux et beauco
plus vite.

— Je t'approuve tout à fait en ceci... — Quand
jeune homme doit-il revenir?

— Demain. — Moi je vais faire atteler sur-le-char
et partir pour Paris. — Là je prendrai mes inform
tions, car il faut savoir avant tout à quoi nous
tenir au sujet des renseignements donnés par M. F
jalbert sur lui-même et sur sa famille.

— Douterais-tu de sa parole?

— Non pas, et je le crois parfaitement sincèr
mais on ne saurait s'entourer de trop de certitud
en pareille occurrence.

— Et ensuite?

— Ma foi, le reste le regardera, et, ainsi que je
lui disais tout à l'heure, il devra faire le siége
cœur de Laurence, le battre en brèche et s'arrang
de façon à entrer en triomphateur par cette brèche
— Sur ce, chère Blanche, embrasse-moi, — je va
m'habiller et je pars. — Peut-être rentrerai-je

peu tard... — attends-moi donc sans inquiétude.

Chemin faisant Gaston se souvint qu'il avait souvent joué le whist dans le monde avec un homme charmant, le baron de B..., chef de division au ministère de la marine.

Cette circonstance simplifiait singulièrement sa tâche et la rendait facile.

Gaston donna l'ordre à son cocher de toucher au ministère de la rue Royale.

Il fit passer sa carte au baron de B... et fut reçu sur-le-champ.

En quelques paroles il exposa le but de sa visite :

— Vous n'auriez pu vous adressez mieux, monsieur le marquis, — lui répondit le chef de division, — je connais personnellement Emmanuel Enjalbert ; je suis au fait de tout ce qui concerne sa famille et sa position, et je vais vous apprendre ce que je sais.

Le résultat de l'entretien du baron de B... et de Gaston fut de donner à ce dernier la preuve incontestable qu'Emmanuel ne s'était point écarté un seul instant des bornes de la vérité la plus stricte.

Le chef de division termina et conclut par ces mots :

— J'affirme que ce charmant garçon réunit un cœur excellent, une âme élevée et une belle intelligence... — Il a tout ce qu'il faut pour rendre une femme parfaitement heureuse, et si quelque père de famille me consultait à ce sujet, je lui répondrais sans hésiter : — Donnez-lui votre fille !...

M. Castella remercia avec effusion le baron de B...
et, fort enchanté comme bien on pense, reprit la
route d'Auteuil en se disant :

— Je puis me rendre cette justice que je n'ai point
douté de la parole d'Emmanuel Enjalbert et que j'ai
reconnu en lui, du premier coup d'œil, le plus honnête et le meilleur des hommes...

Le lendemain, dans l'après-midi, l'amoureux de
Laurence, se hâtant de mettre à profit la permission
qui lui avait été accordée la veille, arrivait à la Folie-
Normand.

Le marquis, la marquise et leur fille adoptive se
promenaient dans le parc.

Un domestique indiqua au visiteur le chemin qu'il
devait suivre pour les rejoindre, et, au détour d'une
allée, il se trouva en présence de nos trois personnages.

Gaston fit avec empressement deux ou trois pas
au-devant de lui, et lui serra la main de la façon la
plus cordiale.

Emmanuel, que la joie et la timidité rendaient
pourpre, salua cependant sans trop de gaucherie la
marquise et Laurence.

— J'espère, monsieur, — lui dit Blanche après
quelques paroles échangées, — j'espère que, si vous
êtes libre ce soir, vous nous ferez le plaisir de dîner
avec nous...

Emmanuel se hâta d'accepter cette invitation qui

comblait tous ses vœux et dépassait ses plus ambitieuses espérances.

Laurence se demandait avec un peu d'étonnement quel pouvait être cet inconnu à qui le marquis et la marquise faisaient si bon accueil.

Au bout d'une heure de promenade, la jeune femme et la jeune fille rentrèrent au logis.

Gaston voulut conduire son hôte jusqu'au sommet du parc, pour lui faire admirer le panorama splendide qui se déroulait sous les yeux depuis cet endroit élevé.

— Quel est ce monsieur?... — demanda Laurence à la marquise aussitôt que les deux hommes se trouvèrent à quelque distance.

— Est-ce que tu ne le reconnais pas?

— Je le connais donc ?

— Tu le connais... — C'est un de tes danseurs assidus de l'hiver dernier...

— C'est possible, après tout... — fit la jeune fille, d'un air de profonde indifférence,—oui, c'est possible.

— Te souviens-tu de lui, maintenant? — reprit Blanche.

— Mon Dieu, non... — je l'ai vu sans doute, mais je ne l'ai jamais regardé.

— Ainsi, tu ne te formes aucune opinion sur son compte?... — tu ne sais même pas s'il te semble bien ou mal?

— J'aurais quelque peine, je l'avoue, à le recon-

naître dans cinq minutes, car j'ai trouvé, jusqu'à c
jour, que les hommes se ressemblaient tous.

— Voilà qui est de fâcheux augure pour le pauvre
amoureux! — pensa Blanche. — Comment triom
phera-t-il des dédains de cette âme altière?... —
Comment fera-t-il fondre les glaces de ce cœur qu
s'ignore?

§

Une semaine s'était écoulée.

Emmanuel Enjalbert n'avait pas manqué une seule
fois de se rendre à Auteuil.

Retenu le jour à Paris par ses occupations au
ministère de la marine, il venait passer ses soirée
à la Folie-Normand.

Devenu moins timide par la force des choses, il se
montrait tel qu'il était, c'est-à-dire causeur aimable
souvent spirituel et parfois brillant.

Une sorte de familiarité douce commençait à ré
gner entre lui et Laurence.

La jeune fille paraissait prendre un certain plaisir
à s'entretenir ou à faire de la musique avec lui
mais rien ne décelait en elle ce trouble involontaire
cette délicieuse émotion qui se manifestent infailli
blement lorsque, pour la première fois, un cœur
vierge vient à parler.

Une telle situation devenait insoutenable pour Emmanuel Enjalbert.

Sa passion grandissait chaque jour, et il se voyait réduit à ne pas savoir ce qu'il devait craindre ou espérer.

— Une telle incertitude me tue ! — dit-il un jour à Gaston. — Au nom du ciel, faites-la cesser !

— Laurence s'expliquera demain, je vous en donne l'assurance, — répondit le marquis.

X

GASTON ET LAURENCE

Le soir de ce même jour, après le départ d'Emmanuel Enjalbert, Gaston dit à Blanche tandis que cette dernière, au moment de se mettre au lit, attachait un petit bonnet de dentelle sur les nattes de ses beaux cheveux blonds :

— Ma chère enfant, depuis une semaine tu vois chaque jour mon protégé... — Parle-moi franchement, que penses-tu de de lui ?

— Tout le bien imaginable. C'est un excellent jeune homme, j'en suis sûre.

— Ainsi donc, il te plaît ?

— Beaucoup.

— Et crois-tu qu'il plaise à Laurence ?

— Oh! quant à cela, je n'en sais absolument rien.

— N'avez-vous donc pas causé de lui toutes deux?

— Si... plus d'une fois.

— Que disais-tu d'Emmanuel?

— Je faisais son éloge.

— Avec chaleur?

— Oui, certes, puisque c'était avec conviction.

— Que répondait Laurence?

— Elle abondait dans mon sens.

— Donc, Emmanuel lui plaît! — s'écria Gaston joyeusement.

— Laisse-moi continuer... Tu te réjouis trop vite. Laurence, je le répète, abondait dans mon sens, et renchérissait même volontiers sur les mérites d'Emmanuel, mais d'un air et d'un ton de parfaite et profonde indifférence qui démentaient ce que ses paroles auraient pu présenter de significatif.

— N'était-ce point là une innocente ruse de jeune fille pour dissimuler un naissant amour?

— Avant de croire à une telle ruse, il me faudrait admettre que Laurence est une bien habile comédienne, car on ne saurait pousser plus loin dans le mensonge l'imitation de la vérité!

— Pense-tu que cette chère enfant ne soupçonne rien, ni de l'amour ni des projets d'Emmanuel?

— Je l'ignore.

— N'as-tu donc fait, dans vos causeries, aucune allusion à un mariage possible?

— J'en ai fait plus d'une, au contraire.

— Eh bien ?

— Eh bien, Laurence se montre impénétrable.
Elle ne comprend pas ou ne veut pas comprendre...
et toujours elle trouve moyen de détourner la conversation lorsque j'aborde ce sujet, qui semble l'intéresser moins que tout autre.

— Bref, ta pensée est que Laurence n'aime point
Emmanuel?

— C'est ma conviction, je l'avoue.

— Mais, sans doute, tu ne crois pas davantage
qu'elle éprouve pour lui de la répulsion ?

— Non ! cent fois non ! Un jeune homme aussi sym-
pathique que M. Enjalbert ne saurait inspirer d'aversion à qui que ce soit...

— Alors, tout est sauvé. Laurence fera un mariage
de raison, et l'amour viendra plus tard.

— Ne vaudrait-il pas mieux laisser à l'amour le
temps de venir avant le mariage?—demanda Blanche.

— Impossible.

— Pour quelle cause ?

— Parce qu'Emmanuel commence à trouver la
situation intolérable, et je suis entièrement de son
avis... L'incertitude dans laquelle il vit le fait cruellement souffrir. Il m'a supplié d'y mettre un terme.
Enfin, j'ai promis... j'ai donné ma parole que dès
demain il saurait à quoi s'en tenir, et que Laurence se
serait prononcée.

— Mon Dieu ! Gaston quelle promesse imprudente !

— Imprudente, dis-tu ?

— Oui.

— En quoi ?

— Ne viens-je pas de t'affirmer que Laurence est impénétrable ?

— Parce qu'elle n'a jamais été poussée dans ses derniers retranchements. — Mais que la question lui soit nettement posée, et il faudra bien qu'elle réponde.

— J'ai grand'peur qu'elle ne réponde par un refus.

— Ceci ne me paraît guère à craindre si tu sais adroitement t'y prendre avec elle... — Une jeune fille dans la situation de Laurence n'est vraiment point en droit de dédaigner la recherche d'un homme honorable et charmant.

— Il serait cruel, ce me semble, de rappeler à la pauvre enfant ce que sa position a de douteux et de pénible.

— Ce sont là en effet des choses qu'il faut éviter de dire, mais qu'on peut faire comprendre d'une manière toute naturelle et point blessante... — Tu as mille fois plus d'esprit qu'il n'en faut, chère Blanche, pour t'en tirer merveilleusement bien.

La jeune femme fit un mouvement brusque.

— Est-ce que par hasard, — dit-elle, — tu compterais me mettre en avant dans tout ceci et me charger de porter la parole ?

— J'ai compté sur toi, je l'avoue.

— Dans ce cas, pour la première fois de ma vie, je te désobéirai.

— Tu refuses de parler à Laurence ?

— Positivement.

— Du moins, donne-moi les raisons de ce refus.

— Les voici : — Je serais une alliée infidèle, prête à déserter la cause que j'aurais promis de servir... — Supposons que j'accepte et qu'entre Laurence et moi le dialogue suivant s'engage : — *Ma chère Laurence, Emmanuel Enjalbert est amoureux de toi...* — « — *C'est bien de l'honneur qu'il me fait...* — « — *Il demande à t'épouser... l'acceptes-tu ?...* — « — *Non.* — « — *Pourquoi ?...* — « — *Parce que je ne l'aime pas.* — Je ne me sentirais jamais le courage de répliquer : — *Ah ! tu ne l'aimes pas !... Je m'en doutais...* mais, *ma chère petite, cela ne fait rien... il faut l'épouser tout de même, car mon mari et moi nous éprouvons l'impérieux besoin de nous séparer de toi, et, comme nous craignons que l'occasion de te donner un mari ne se représente plus, nous ne laisserons échapper sous aucun prétexte le premier qui se présente !...*» — Non, mon cher Gaston, cent fois non, je ne dirai point cela à Laurence... — je ne le veux pas, d'abord, et, si je le voulais, je ne le pourrais pas...

— Ah ! les femmes !... les femmes !... — murmura le jeune marquis avec impatience.

— Les femmes valent mieux que vous, mon ami...

— répliqua Blanche, — elles ont des délicatesses qui vous sont inconnues...

— Mais ces délicatesses, auxquelles je rends pleinement hommage, portent à faux dans ce moment...

— Songe donc qu'il s'agit du bonheur de Laurence.

— Nous autres femmes, nous n'admettons point, nous n'admettons jamais les bonheurs qu'on prétend nous imposer.

Gaston garda le silence pendant un instant.

Il hésitait à continuer la lutte, car il considérait comme impossible de triompher de l'obstination de Blanche dans les questions qui effarouchaient son attachement, ou plutôt son fanatisme pour Laurence.

— Eh bien, soit, — reprit-il enfin, — puisque tu me refuses ton concours, j'agirai seul.

— Que ta volonté soit faite, mon ami, — je m'en lave les mains... — répliqua Blanche.

— Je parlerai moi-même à Laurence... je lui parlerai dès demain...

— Parle-lui donc, et sois fier de ton odieux courage si les larmes de la pauvre enfant ne te causent ni émotion, ni remords...

Un sourire involontaire vint aux lèvres de Gaston.

— Ma chère Blanche, — dit-il en embrassant sa femme qui résista légèrement, — sais-tu ce que c'est qu'Asmodée?...

— *Le Diable boiteux,* je crois...

— Te souviens-tu de ce qu'il faisait ?

— Il voyait à travers les toits, — il entendait à travers les murs. — N'est-ce pas cela ?

— Oui, c'est cela... — Eh bien, je crois qu'Asmodée rirait de tout son cœur s'il était témoin de ce qui se passe ce soir entre nous. — S'il entendait une femme charmante et chérie traiter son mari de cruel tyran, lui parler d'odieux courage, de barbarie, de remords, parce que ce pauvre mari cherche à mener à bien l'union d'une belle jeune fille avec un bon et beau jeune homme qui l'adore... — Qu'en penses-tu ?... Voyons... Asmodée rirait-il ?

Blanche ne put s'empêcher de sourire à son tour.

Néanmoins, elle répliqua, de ce ton gracieusement mutin des femmes à qui rien n'a jamais résisté :

— Asmodée rirait peut-être, parce qu'il est un méchant diable... — mais cela ne prouve rien et n'empêche pas que j'ai raison...

. . . .

Asmodée n'écoutait point, et pourtant la scène à laquelle nous venons de faire assister nos lecteurs avait un témoin invisible.

Ce témoin c'était Laurence.

Une heure auparavant, dans le jardin, séparée de Gaston et d'Emmanuel par une touffe de lilas dont l'épaisse verdure cachait sa robe blanche, la jeune fille avait entendu les paroles suppliantes de M. Enjalbert et la promesse du marquis.

Convaincue que Gaston instruirait bien vite sa femme de l'impatiente ardeur d'Emmanuel, elle était venue se mettre aux aguets derrière la porte d'un cabinet de toilette qui, depuis la chambre à coucher de la marquise, communiquait avec son propre appartement par un long couloir dérobé.

Nous savons ce qu'elle avait entendu.

— Je sais ce que je voulais savoir, — murmura-t-elle en se retirant. — Gaston me parlera demain... C'est bien... je serai prête...

§

Le lendemain vers les neuf heures du matin le marquis, plus inquiet, plus préoccupé qu'il ne voulait le paraître, de la conversation qu'il allait avoir avec sa fille adoptive et des réponses qu'il obtiendrait d'elle, sortit de son appartement, où il laissait Blanche encore endormie.

Dans le petit salon il trouva son valet de chambre en train de disposer sur une console une garniture de vases du Japon remplis de fleurs.

— Avez-vous déjà vu mademoiselle Laurence ?... — lui demanda-t-il.

— Oui, monsieur le marquis... — Mademoiselle est au jardin depuis plus d'une heure.

Gaston sortit.

9.

C'était une de ces admirables et tièdes matinées du printemps pendant lesquelles le ciel semble sourire à la terre avec amour, comme pour lui faire oublier les rigueurs de l'hiver.

Les brins d'herbe et les feuillages luisaient ainsi que des émeraudes sous les vifs rayons du soleil ; les insectes bourdonnaient parmi les touffes de gazon ; — les oiseaux chantaient dans les branches ; — les calices des fleurs naissantes s'entr'ouvraient et lançaient leurs parfums comme des encensoirs.

L'atmosphère était chargée des senteurs vivifiantes du printemps, souffle voluptueux de la nature amoureuse et rajeunie.

Le parc de la Folie-Normand semblait un Eden enchanté.

Gaston s'engagea dans les détours des allées sinueuses et se mit à la recherche de sa pupille.

Il allait lentement, respirant à pleins poumons la brise odorante et suave qui caressait ses tempes, et s'arrêtant presque à chaque pas pour écouter la chanson tendre de la fauvette et du rouge-gorge.

Le jardin était vaste, nous le savons, et touffu par endroits comme une forêt deux fois séculaire.

Le marquis marcha longtemps sans découvrir la jeune fille. — Enfin il l'aperçut de loin, à travers une éclaircie, assise sur un banc rustique, sous l'ombrage épais d'un grand chêne qu'on appelait le *Patriarche*, parce qu'il était le plus antique et le plus beau des arbres de tous les jardins d'Auteuil.

Laurence tournait le dos à Gaston et ne pouvait le voir.

Il se dirigea de son côté en évitant, presque à son insu, de faire craquer sous ses pieds le sable des allées.

On eût dit qu'il voulait la surprendre, et cependant il n'y songeait guère, absorbé tout entier dans la recherche d'une façon adroite d'entamer avec elle l'entretien décisif...

Il arriva ainsi tout près de l'arbre sous lequel Laurence était assise.

Elle n'avait rien entendu sans doute, car elle ne tourna pas la tête.

L'allée décrivait un large contour pour venir passer au pied du vieux chêne. — Gaston voyait maintenant la jeune fille de profil.

Laurence portait une robe blanche et un tablier de soie bleu pâle dont les bretelles se croisaient sur son corsage.

Elle s'inclinait un peu en avant, d'un air rêveur et méditatif.

Sa main gauche, effilée et patricienne, tenait une marguerite dont sa main droite arrachait un à un tous les pétales, selon la coutume des jeunes filles qui consultent le naïf oracle.

En même temps ses lèvres s'agitaient, comme pour murmurer les paroles sacramentelles :

— *Il m'aime un peu... beaucoup... passionnément.*

— Est-ce à Emmanuel qu'elle pense? — se demanda Gaston. — Ah! si Blanche se trompait, si Emmanuel était aimé, comme il serait heureux et quel couple charmant!...

Presque aussitôt il ajouta :

— A coup sûr, si elle aime quelqu'un, c'est lui...
— Qui pourrait-elle aimer?

Il franchit la dernière et faible distance qui le séparait de sa pupille.

La jeune fille leva les yeux. — Voyant le marquis debout devant elle, elle parut surprise et un peu émue ; — elle tressaillit et rougit visiblement.

— Comme vous voilà sortie de bonne heure, ma chère Laurence!... — dit Gaston. — Ce n'est point votre coutume, ce me semble...

— Vous avez raison, mon ami.... — répliqua l'orpheline ; — mais ce matin le ciel est si doux et le temps si beau, que je n'ai pu résister à la fantaisie de prendre un bain d'air et de soleil.

— Et de cueillir des marguerites.... — ajouta Gaston en souriant.

Laurence rougit de nouveau, une sorte d'embarras timide se peignit sur son visage et elle laissa tomber la fleur à demi dépouillée qu'elle tenait encore.

Gaston reprit :

— Ce n'est point le hasard, d'ailleurs, qui m'amène ici pour troubler votre solitude et pour interrompre si mal à propos vos rêveries...

— Ah ! — murmura la jeune fille.

— Je vous cherchais, — continua M. Castella.

— Vous avez quelque chose à me dire ? — demanda Laurence.

— J'ai à causer avec vous de choses sérieuses...

L'orpheline attacha sur le marquis ses beaux yeux dont le regard exprimait de la façon la plus touchante le trouble et une vague inquiétude.

— Ah ! chère enfant, ne craignez rien.... — se hâta d'ajouter Gaston ; — il ne peut être question entre nous, vous le comprenez, que de choses heureuses pour vous.

— Je sais combien vous êtes bon... — balbutia la jeune fille d'une voix à peine distincte. — Je ne le sais que trop...

En disant ces derniers mots, Laurence quitta le banc rustique sur lequel elle était assise.

— Prenez mon bras, — lui dit le marquis. — Nous causerons en marchant, — le voulez-vous ?

— Je veux tout ce que vous voulez...

Gaston sentit la main de Laurence trembler légèrement en s'appuyant sur son bras.

— Est-ce que vous êtes souffrante, mon enfant ? — demanda-t-il avec le plus tendre intérêt.

— Non, — répondit la jeune fille.

— Mais vous tremblez.

— Je ne sais pourquoi,

— Qu'avez-vous donc ?.

— Je n'ai rien.

Le marquis regarda Laurence avec attention. — Elle baissa les yeux aussitôt, comme pour lui laisser le temps de prolonger cet examen.

Rien de plus simple, rien de plus virginal en quelque sorte que la toilette de l'orpheline.

Pour la décrire, il nous a suffi de trois lignes.

Et cependant cette toilette était le savant chef-d'œuvre d'une femme qui veut à tout prix plaire, émouvoir et triompher.

La guimpe de tulle, suppléant au corsage un peu décolleté de la robe et montant jusqu'à la naissance du cou, se montrait gardienne indiscrète des trésors qu'elle avait mission de cacher.

Sous ses complaisantes transparences, l'œil pouvait suivre la courbe divine des épaules et les contours d'une gorge taillée en plein marbre de Paros.

Les bras, tout à la fois ronds et fins, d'une blancheur mate et veloutée, s'échappaient des manches larges comme du calice d'une fleur.

La coiffure de Laurence était un poëme de séductions.

Les masses lourdes de sa chevelure magnifique, enroulées et tordues avec une négligence affectée, tremblaient à chaque mouvement, semblaient prêtes à échapper aux morsures du peigne d'écaille, et à se dérouler sur les épaules comme une cascade de boucles d'ébène.

Le parfum doux et enivrant de la violette enveloppait la jeune fille, sans qu'il fût possible de deviner si ce parfum s'exhalait de son corps, de ses cheveux ou de ses vêtements.

Gaston se sentit très-ému, et son cœur battit dans sa poitrine à coups redoublés.

En même temps un trouble involontaire, sur la nature duquel il s'efforçait de se méprendre, envahissait rapidement ses sens et faisait couler dans ses veines un feu liquide.

Le marquis se souvint des paroles prononcées au bal devant lui.

— Allons donc ! — se dit-il. — C'est impossible !...
— Je ne suis point un misérable et j'appartiens à Blanche tout entier.

Puis, sans transition, il ajouta :

— Mon Dieu ! mon Dieu ! que Laurence est belle, et comme Emmanuel doit l'aimer !...

XI

SUITE DU PRÉCÉDENT

La jeune fille et le marquis marchèrent pendant quelques minutes l'un à côté de l'autre, lentement et en silence.

Laurence, la première, parut trouver ce silence embarrassant.

— Je ne saurais vous le cacher, mon ami, — fit-elle d'une voix émue, — ces choses sérieuses dont vous avez à me parler m'inquiètent beaucoup, malgré vos bonnes paroles... — Tirez-moi donc bien vite d'inquiétude, je vous en prie.

— Ne pressentez-vous pas, ma chère enfant, ce que je vais vous dire ? — demanda Gaston.

— Peut-être... — Mais j'ai le désir d'apprendre

de votre bouche si mes pressentiments sont fondés.

— Il s'agit de mariage, — murmura le marquis.

Laurence frissonna de tout son corps, mais l'expression de son visage resta calme.

— Je le savais! — fit-elle avec une amertume mal dissimulée. — J'en étais sûre! — Avant même que vous m'ayez adressé la parole, je comprenais quel serait le sujet de l'entretien que vous vouliez avoir avec moi... — Continuez, mon ami... continuez...

Gaston secoua doucement la tête.

— J'aime mieux me taire... — vous m'encouragez trop peu... — dit-il.

— Qu'importe? — parlez toujours et ensuite vous me permettrez de vous répondre...

— Puisque vous le voulez, je poursuis... — Vous avez inspiré une passion sincère et profonde à l'un des plus honnêtes jeunes gens que je connaisse.

— M. Emmanuel Enjalbert... — interrompit Laurence.

— Lui-même... — Ainsi donc, ma chère enfant, vous connaissiez son respectueux amour?...

— Comment ne l'aurais-je point deviné? — Sans être coquette, — (certes je ne le suis pas), — est-il possible qu'une jeune fille ferme les yeux à l'évidence?...

— Emmanuel, cependant, ne vous a jamais dit qu'il vous aimait.

— Non, certes, jamais... — il n'aurait osé! mais
sa conduite tout entière parlait...

— Eh bien, — reprit Gaston, — eh bien, puisque
vous savez tout, chère Laurence, laissez-moi plaider
auprès de vous la cause de ce jeune homme, pour
qui j'éprouve le plus vif intérêt... — Il appartient à
une excellente famille, — sa position est honorable,
— il est bon, il est généreux, il est loyal, et je ne
connais personne au monde qui soit plus capable
que lui de rendre une femme parfaitement heureuse...

— Oh! soyez-en persuadé, mon ami, — murmura
Laurence, — je comprends que M. Enjalbert me fait
beaucoup d'honneur en demandant ma main.

— Il ne s'agit en aucune façon de l'honneur qu'il
vous fait, chère enfant, — répliqua vivement Gaston;
— il s'agit du bonheur qu'il peut et qu'il doit vous
donner. Cette large part de félicité à laquelle vous
avez droit, croyez-vous pouvoir la trouver dans le
mariage que je vous propose?

— C'est ma pensée que vous voulez savoir?

— Oui... — et je vous supplie de me la dire toute
entière, sans hésitation et sans réticences.

— Eh bien , ce mariage ferait mon malheur.

— En êtes-vous sûre?

— Oui, j'en suis sûre... — trop sûre, hélas!

— Ainsi donc, vous ne ressentez pour Emmanuel
qu'une insurmontable répulsion?..

— Loin de là... et je ne demande pas mieux que

d'avoir pour lui l'affection d'une sœur, s'il veut se contenter de ce doux sentiment.

— Il souhaite avec ardeur vous en inspirer un plus tendre ! — Permettez-lui du moins d'espérer.

— Non, je ne puis le permettre, car son espérance ne se réaliserait jamais...

— JAMAIS !... c'est un mot bien hardi sur des lèvres si jeunes !... — Combien de cas pourrais-je vous citer dans lesquels le mariage a précédé l'amour ! Comme vous, les fiancées disaient : *Jamais !* et quelques mois plus tard les épouses murmuraient : — *Toujours !*... Ce que tant d'autres ont pu, Laurence, pourquoi ne le feriez-vous pas ?

La jeune fille baissa la tête pendant un instant, comme pour se recueillir ; puis elle dit :

— Je vous en supplie, mon ami, écoutez-moi... C'est à mon tour de vous parler de choses sérieuses.

— Je vous écoute, chère enfant, et avec l'attention la plus profonde, avec l'intérêt le plus vif...

— Depuis bien des jours... — reprit Laurence, — je prévois ce qui se passe aujourd'hui, et je me prépare à cet entretien. — Ma terreur et mon émotion sont grandes, je l'avoue, en songeant à la prière que je vais vous adresser, car cette prière vous donnera presque le droit de croire à mon ingratitude, et Dieu, qui lit au fond des cœurs, m'est témoin cependant que le mien n'est point ingrat...

— Laurence... Laurence... — s'écria Gaston, —

vous m'effrayez, je vous le jure. Où donc, dites-moi, en voulez-vous venir?

— J'en veux venir à ceci : Il existe, je le sais, des maisons charitables, dirigées par une règle sévère, où moyennant une faible somme une jeune fille pauvre est admise à passer sa vie dans une retraite presque claustrale...

Laurence s'interrompit.

— Eh bien? — demanda le marquis, dont une angoisse inexplicable serrait le cœur.

— Eh bien, — poursuivit l'orpheline avec une fermeté que démentait l'excessive altération de sa voix, — faites en sorte, — je vous en conjure, — faites en sorte qu'une de ces maisons s'ouvre pour me recevoir et que ses portes se referment à tout jamais sur moi.

— Vous ai-je bien entendue? vous ai-je bien comprise? — murmura Gaston bouleversé. — Vous songez à vous séparer de nous?...

— Un mariage ne me forcerait-il pas à vous quitter de même?... — répliqua Laurence.

— Ainsi, vous préférez le couvent au mariage?...

— Oui.

— Plutôt que de devenir la femme d'Emmanuel Enjalbert, vous voulez enfermer sous des grilles inflexibles et sous des voiles impitoyables votre jeunesse et votre beauté?...

— Oui.

— Mais c'est de la folie, cela!..

— Non!... — c'est de la raison... — je fais ce que je dois.

— Laurence, renoncez à ce projet.

— C'est impossible.

— Je ne vous viendrai point en aide pour l'exécuter.

— Dans ce cas, je l'exécuterai sans vous.

— Je m'y opposerai de tout mon pouvoir...

— J'aurai le courage et la force de passer outre...

— Voyons, Laurence, ne parlez pas ainsi!... — je ne sais quel sentiment incompréhensible vous égare et vous pousse à blesser cruellement mon affection!... — Vous regretterez dans un instant, j'en suis sûr, les paroles que vous venez de prononcer... — Vous êtes, vous le savez bien, l'enfant de la maison... Or, une enfant ne menace point sans motif de quitter le toit qui l'a vue grandir et les lieux où elle est aimée... — Puisque Emmanuel vous est odieux, ne parlons plus d'Emmanuel... il faudra bien qu'il se résigne, et d'ailleurs votre bonheur doit passer avant le sien.

Un éclair furtif, aussitôt réprimé, brilla sous les longs cils de Laurence.

Gaston reprit :

— Cette union vous déplaît... — qu'il n'en soit plus question!... — Oubliez même que Blanche et moi nous en avions conçu la pensée... — restez avec

nous... — soyez heureuse de notre tendresse et don
nez-nous le temps de chercher pour vous un autre
mariage, contre lequel, vous n'aurez point d'objec-
tions à faire.

Laurence secoua la tête.

— N'est-ce donc pas convenu ? — demanda le
marquis.

— Non, mon ami, — balbutia la jeune fille, — cela
n'est pas convenu, parce que cela n'est pas possible...— Ne cherchez plus à me retenir ici... ne cherchez plus à me marier... — Si brillantes, si impré-
vues que puissent être les unions proposées par vous,
je les refuserais...

— Mais c'est inexplicable cela, Laurence ! — s'é-
cria Gaston. — Est-ce donc le mariage lui-même
qui vous épouvante?

La jeune fille, les yeux baissés et le front couvert
d'une vive rougeur, fit un signe affirmatif.

— Enfin, pourquoi ? — reprit vivement le marquis,
— oui, pourquoi?

— Ne m'interrogez pas !... — murmura Laurence
— il me serait impossible de vous répondre.

— Il existe donc une cause mystérieuse de vos
refus ?

La jeune fille garda le silence.

Gaston continua.

— Cette cause, puisque vous refusez de me l'apprendre, il me faudra bien la deviner.

Laurence étendit vers son interlocuteur ses deux mains frémissantes.

— Au nom du ciel, — balbutia-t-elle avec la plus excessive agitation, — au nom du ciel, ne cherchez pas !

— Je le dois, cependant, et je le ferai, — répliqua le marquis. — La profonde affection que vous m'inspirez, chère Laurence, m'impose la loi de descendre au fond de votre âme et de combattre de tout mon pouvoir l'étrange folie qui semble s'être emparée de vous.

— Gaston, mon ami, — reprit la jeune fille d'une voix brisée, — vous voyez bien que je suis à bout de forces. — Ayez pitié de moi.

— Ce ne serait point en avoir pitié que de vous abandonner à vous-même ! Il faut que votre pensée n'ait plus rien de caché pour moi... Il le faut absolument. — Cette aversion pour le mariage, si soudaine et si violente, ne saurait avoir qu'une seule cause, et je l'entrevois...

Laurence dégagea son bras, passé sous celui du marquis, et cacha son visage dans ses deux mains comme pour dérober aux regards fixés sur elle sa rougeur.

Gaston poursuivit :

— Oui, j'entrevois la cause de cette haine aveugle dans laquelle vous enveloppez tous les hommes. — C'est l'amour ! Vous aimez, Laurence, vous aimez !

La gorge de la jeune fille se soulevait avec violence
et le murmure de sa respiration haletante se faisai
entendre distinctement.

— Ayez confiance en moi, mon enfant, — repri
le marquis, — et dites-moi que je ne me trompe
pas.

— Eh bien, oui, c'est vrai, — s'écria la jeune fill
en relevant brusquement la tête, — j'aime! J'ai voul
longtemps me le cacher à moi-même! J'ai voul
résister, mais l'amour est le plus fort et la vérit
éclate à la fin! J'aime! entendez-vous, Gaston?..
j'aime de toutes les forces de mon cœur... j'aime
de toutes les puissances de mon âme!

— Je vous connais trop bien, mon enfant, pou
avoir la crainte que vous ayez donné votre amou
à un homme indigne de vous... — Nommez-mo
donc cet homme, et tout ce qu'il sera possible de fair
pour que vous deveniez sa femme, je vous jure qu
je le ferai.

— Vous le nommer! — répéta Laurence avec une
sorte d'égarement.—Vous le nommer!...

— Sans doute. — Comment pourrais-je agir, si je
ne le connaissais pas? — Apprenez-moi son nom.

— Vous me demandez son nom!... vous!...

— Quel motif pourriez-vous avoir pour me le cacher?... — L'homme qui doit être votre mari ne
peut rester inconnu pour moi...

— Mon mari!... lui!... — C'est impossible!

— Que dites-vous, Laurence ! — rougissez-vous de votre amour? Avez-vous honte de votre choix?

— Hélas! mon cœur n'a pas choisi! — La fatalité seule a tout fait... — J'ignorais encore ce que c'était que l'amour, et déjà je ne m'appartenais plus ! — Rougir de celui que j'aime ! — de lui, si beau, si noble et si fier! — de lui, qui pour moi n'est pas un homme, mais un dieu ! — Ah! Gaston, je mourrai de cet amour peut-être, mais je n'en rougirai jamais !

— Cet homme vous aime-t-il?

— Il ne sait seulement pas que je l'aime... il doit l'ignorer toujours.

— Pourquoi ne l'apprendrait-il pas?

— Qui le lui dirait?

— Moi, si vous voulez.

— Gaston, je vais vous faire horreur!

— Vous, Laurence !

— Oui... oui !... — Sachez donc que mon amour est un crime! sachez donc qu'un abîme infranchissable me sépare de celui que j'aime...

— Laurence, vous me faites trembler...

— Celui-là ne saurait m'appartenir, — poursuivit la jeune fille avec une exaltation délirante, — il appartient à une autre femme!

— Il est marié ! — balbutia le marquis éperdu.

— Il est marié! — répéta la jeune fille. — Vous voyez bien que je ne puis rester c ... vous voyez bien qu'il faut que je parte!...vou voyez bien que je

me rends justice en voulant enfermer sous les grilles
d'un cloître mon cœur brûlé d'un feu profane, mon
âme brisée, ma vie perdue !... — Ne me retenez
plus, Gaston ! au nom du ciel, au nom de Blanche,
au nom de vous-même, laissez-moi partir !...

Le marquis, stupéfait, immobile et muet comme
une statue, ne pouvait croire encore à la réalité de
ce qu'il venait d'entendre et s'efforçait de ne pas
comprendre les paroles enflammées de la jeune fille.

Laurence, cachant de nouveau son visage dans
ses deux mains, tandis que de grosses larmes s'é-
chappaient de ses yeux, fit quelques pas pour s'é_
loigner.

Le mari de Blanche ne songeait point à la retenir.

Soudain elle chancela, — elle battit l'air de ses
bras, en balbutiant :

— Ah ! je me meurs... Gaston, adieu...

Et elle serait tombée à la renverse si le marquis,
rappelé soudainement à lui-même, ne s'était élancé
vers elle et ne l'avait reçue dans ses bras.

Laurence semblait inanimée.

XII

UNE GRANDE COMÉDIENNE

Nous donnerions difficilement à nos lecteurs une idée exacte de l'immense embarras, du trouble profond de Gaston, au moment où il reçut dans ses bras et où il appuya contre sa poitrine le corps charmant de Laurence qu'il croyait évanouie.

— Que faire? — se demanda-t-il, la tête à demi perdue, — comment la rappeler à elle-même?

Un instant, — nous devons le dire à sa louange,— il eut la pensée de prendre avec son léger fardeau le chemin de la maison, de prévenir Blanche de ce qui venait d'avoir lieu et de remettre Laurence en ses mains.

Mais l'homme n'a pas d'ennemi plus dangereux,

plus irréconciliable que lui-même. — Rarement, dans les circonstances difficiles, il accueille une inspiration sage et prudente... — Presque toujours, au contraire, il cède sans résistance à l'instinct mauvais qui le pousse.

Gaston nous fournit une preuve nouvelle de cette grande vérité, — il se garda bien de suivre son premier mouvement.

— A quoi bon donner à Blanche d'inutiles inquiétudes ? — murmura-t-il. — A quoi bon l'affliger sans nécessité ?... — Elle ne doit rien savoir, elle ne saura rien de tout ceci... — Ai-je le droit d'ailleurs de trahir, même pour ma femme, la confiance que Laurence vient de mettre en moi? — ai-je le droit de divulguer le terrible secret qui s'est échappé de son cœur ?

Gaston se posa de très-bonne foi ces questions, et nous croyons inutile d'ajouter qu'il se répondit négativement.

Nous avons expliqué, dans l'un des chapitres de ce livre, que le parc de la Folie-Normand étageait ses amphithéâtres de verdure sur la déclivité des collines d'Auteuil.

A vingt-cinq ou trente pas de l'endroit où le jeune marquis soutenait Laurence existait une grotte, pittoresque mais factice, construite avec force rocaille et dont un épais rideau de lierre cachait en partie l'ouverture.

Tout à côté se voyait un petit bassin rustique alimenté par une source vive. — Un mince filet d'eau s'en échappait, formant un ruisseau qui descendait la colline d'étage en étage, par une succession de cascatelles lilliputiennes.

Gaston porta Laurence dans la grotte et l'assit, ou plutôt l'étendit sur un banc de pierre et de mousse qui, sauf la matière et l'élasticité, ressemblait à un divan.

Il sortit ensuite pour tremper un des angles de son mouchoir dans le cristal liquide du bassin et il humecta de cette eau fraîche le front et les tempes de la jeune fille.

Laurence se dit alors que le moment était venu de mettre fin à un évanouissement qui n'avait pas de raison pour se prolonger davantage, et, s'il nous est permis d'emprunter une expression à l'argot spirituel et coloré des coulisses, *elle soigna sa mise en scène.*

Son réveil fut un chef-d'œuvre ! — Jamais artiste ne poussa plus loin l'imitation consciencieuse de la nature et la scrupuleuse recherche de la vérité.

La jeune fille fit d'abord un mouvement léger, presque imperceptible.

Une sorte de frisson passa sur son épiderme...

Ses lèvres balbutièrent des paroles vagues, ou plutôt laissèrent échapper des sons brisés, à peine distincts, sans liaison entre eux, exprimant bien, par

10

leur complète incohérence, tout le désordre de la pensée encore endormie.

Ensuite elle tressaillit, — elle ouvrit les yeux, — elle vit Gaston penché vers elle, — elle passa l'une de ses mains sur son front, comme pour y rassembler ses souvenirs incertains, et enfin elle balbutia en cachant son visage dans ses doigts entrelacés comme pour dérober sa confusion aux regards du marquis :

— Oh! mon Dieu... mon Dieu!... j'ai parlé!...

— Le regrettez-vous, chère Laurence? — demanda le mari de Blanche.

— Oui, certes, je le regrette, et j'aurais dû mourir plutôt que de livrer mon secret!...

— Ce secret ne sera point trahi, vous le savez bien, Laurence, puisque nous sommes seuls à le connaître!... N'avez-vous pas confiance en moi?...

— En vous plus qu'en moi-même!... Vous si bon!... vous si loyal! — qui n'aurait confiance en vous?... — Mais j'ai peur de votre mépris!... Oh! Gaston, tout est perdu pour moi si vous me méprisez!...

— Vous mépriser, chère enfant! — s'écria le marquis. — Mais vous me croyez donc aveugle!... mais vous me croyez donc insensé! — N'êtes-vous pas pure comme les anges ?... — n'avez-vous pas lutté de toutes vos forces contre un amour qui s'est emparé de votre cœur malgré vous-même ? — Ne

me demandiez-vous pas tout à l'heure de vous laisser quitter cette maison, de vous laisser renoncer au
monde ?... — Peut-on combattre avec plus de
vaillance ? Peut-on pousser plus loin le sacrifice et
le renoncement ? Laurence, il faut vous plaindre,
mais le blâme ne saurait monter jusqu'à vous !...
— Vous avez droit à l'admiration, vous avez droit
au respect de tous !...

Les pâles lueurs d'une joie mélancolique brillèrent
dans les yeux de la jeune fille.

— Oh ! soyez béni ! — murmura-t-elle, — soyez
béni, Gaston, vous qui ne m'accablez point !... vous
qui me relevez à mes propres yeux !... — Votre
parole me le fait comprendre : on peut être faible
sans être coupable... — Et maintenant que, grâce
à vous, je viens d'avoir mon dernier bonheur, vous
exaucerez le vœu suprême que je n'ai formé qu'en
tremblant, vous me permettrez de partir...

— Partir !... — répéta le marquis avec une véritable stupeur, — vous songez encore à partir ?...

— Plus que jamais...

— Mais c'est impossible !...

— Il faut que cela devienne possible... il le
faut !...

— N'y comptez pas, Laurence, vous ne m'y ferez
jamais consentir !... — Cette demeure peut vous
offrir, si vous le voulez, un asile plus inviolable que
celui d'un couvent... — Vous n'en franchirez pas le

seuil... — Rien n'y viendra rappeler à vos souveni
celui qui ne saurait être à vous, et le temps vo
donnera la force d'oublier...

Le moment était venu pour l'orpheline de frapp
un coup décisif.

Elle le comprit, — elle fit un dernier appel à
talent de comédienne dont elle venait déjà de donn
tant de preuves, et ce fut en détournant la tête, ce f
d'une voix haletante et brisée, comme si les parol
qu'elle prononçait lui brûlaient les lèvres, ce fut e
fin en essuyant les larmes ardentes qui jaillissaie
de ses yeux, qu'elle balbutia :

— Oublier, dites-vous !... — Je ne le pourrais pa
je ne le voudrais pas, si je restais ici !... Gaston, lai
sez-moi m'éloigner, ou plutôt chassez-moi, car m
présence dans cette maison est une honte pour mc
une insulte pour ma bienfaitrice, pour cet ange à q
je dois tout !... — Gaston, je deviens misérable
lâche !... J'aimais Blanche plus que ma vie, — e
bien, je ne sais plus maintenant si je l'aime c
si je la hais ! — Je la bénissais, et je la maudis !
— Jadis, c'était une mère... une sœur... u
amie !... aujourd'hui, c'est une rivale !... — Je n
fais peur à moi-même... — Je suis folle et je su
infâme ! — Par pitié, Gaston, chassez-moi !...

— Grand Dieu, qu'ai-je entendu ?... — qu'ai-
compris ?... — se dit le marquis. — C'est moi qu'el
aime !

Et, sous le jet de flamme de cette certitude inattendue, il éprouva tout à la fois une immense terreur et un immense orgueil.

— Chassez-moi... chassez-moi!... — répétait Laurence d'une voix de plus en plus faible. — Le supplice que j'endure est au-dessus de mes forces.

La jeune fille semblait véritablement hors d'état de se soutenir; — elle se laissa tomber à genoux, suffoquée par ses sanglots; — sa tête s'inclina sur sa poitrine... — ses immenses cheveux se dénouèrent et l'enveloppèrent comme d'un voile.

Gaston sentait son cœur bondir.

Un vertige pareil à celui d'un homme qui se penche vers un abîme s'emparait de lui.

Une ardente lave ruisselait dans ses veines avec son sang.

La voix du mauvais ange lui criait :

— Regarde ce que l'amour qu'elle ressent pour toi a fait de cette créature si belle, de cette enfant si pure!... — A côté d'une telle passion la tendresse de Blanche n'est-elle pas de neige et de glace?... — Blanche t'aime par devoir... Son amour est une habitude... Laurence t'adore plus que tout... t'adore malgré tout... et le feu qui la dévore la tuera! — Est-elle coupable? — pouvait-elle résister?... — n'auras-tu pas pitié?

Ainsi parlait le mauvais ange,

Le bon ange, de son côté, murmurait bien bas :

— Prends garde! Dieu maudit les amours adu
tères ! — C'est près de Blanche qu'est le devoir.
c'est près de Blanche qu'est le bonheur...

Mais Gaston n'écoutait pas, ou plutôt l'ivresse ra
pide qui dominait ses sens et grandissait de second
en seconde ne lui permettait point d'entendre cett
voix timide.

Il n'avait plus de regards, il n'avait plus de pensé
que pour cette sirène vertigineuse, pour cette splen
dide et attrayante créature, agenouillée près de lu
sanglotant, les cheveux épars, brisée par une passio
sans bornes, et qui, s'il le voulait, lui appartiendra
bientôt tout entière, comme déjà elle lui appartenai
par le cœur...

Gaston comprit qu'il était vaincu.

Il oublia en moins d'une seconde le passé tout en
tier... il ne se souvint plus de Blanche dont, un
heure auparavant, il se croyait épris pour toujours

Il se dit qu'il aimait pous la première fois...

— Laurence, —balbutia-t-il, —chère Laurence, je
vous en supplie, calmez-vous, relevez-vous...

La jeune fille resta courbée, dans sa gracieuse e
savante attitude de Madeleine pénitente.

Gaston se pencha vers elle et la souleva...

Il sentit le corps souple et charmant qui s'abandon
nait à lui tressaillir et frissonner sous son étreinte.

Ses mains tremblantes se noyaient dans les flots de
cheveux soyeux déroulés sur les épaules de Laurence

La poitrine de la jeune fille touchait sa poitrine... leurs souffles se mêlaient.

—Laurence, — dit Gaston d'une voix émue, — vous ne partirez pas?... vous ne parlerez plus de partir ?...

Il devina, plutôt qu'il n'entendit, cette réponse :

— Maintenant que vous savez tout, puis-je rester ?

— Vous le pouvez, et je le veux.

— Pourquoi me retenir?

— Parce que vous êtes ma lumière et ma joie... parce que sans vous je ne saurais vivre... — parce qu'enfin, Laurence, parce qu'enfin, je vous aime...

La jeune fille fit un mouvement brusque.

Elle écarta les longues boucles brunes qui voilaient son visage, —elle attacha sur les yeux du marquis le regard magnétique de ses prunelles sombres, et elle s'écria :

Vous m'aimez!... — Vous m'aimez autrement qu'on aime sa sœur, qu'on n'aime sa fille ?

— Je vous aime de toute mon âme ! je vous aime de tout mon amour !

— Est-ce vrai, cela, Gaston ?... est-ce possible, mon Dieu ! est-ce possible ?

— Je vous jure que c'est vrai, Laurence, et je n'ai jamais menti !

— Si c'est la pitié seule qui dicte vos paroles, rétractez-vous, je vous en conjure. — Ce serait une pitié funeste ! La désillusion me tuerait...

— Laurence, regardez mes yeux... Laurence, met-

tez la main sur mon cœur et vous ne me demander
plus si je mens.

— Ah ! je donnerais ma vie pour vous croire...
cependant je ne peux pas.

— Pourquoi ce doute qui me désespère ?

— Parce que l'évidence est contre vous.

— L'évidence !

— Oui, certes, l'évidence ! — Quand vous êtes ver
me trouver ici, tout à l'heure, ce n'était pas pour r
parler d'amour ! — c'était pour me presser d'accep
ter un mari de votre choix.

— C'est vrai, mais qu'est-ce que cela prouve ?

— Cela prouve que vous ne m'aimez pas. — On r
donne point celle qu'on aime !...

— Je vous aimais, cependant, Laurence ! — l'a
mour remplissait tout mon être... mais j'étais ave
gle, ou plutôt je ne savais pas lire en moi-même.
— Votre présence me causait un trouble délicieux.
— la plus douce de toutes les musiques était pou
moi le son de votre voix... — le parfum qui s'exhala
de votre chevelure me semblait le plus enivrant d
tous !... — votre absence me laissait triste et rêveur.
— Quand vous n'étiez pas là, le vide se faisait au
tour de moi et le soleil n'avait plus de rayons ! — J
vous attendais, je vous espérais ! — La lumière et l
joie revenaient en même temps que vous ! — Tou
cela c'était de l'amour, Laurence, un amour infir
qui s'ignorait lui-même ! — maintenant je vois clai

dans mon cœur... Maintenant la révélation s'est faite ! — Vous êtes à moi... je suis à vous ! — Plus de luttes, plus de combats ! — plus rien que la passion qui déborde !... plus rien que le bonheur qui sou-rit !... — Je vous aime, Laurence ! aimez-moi !

En achevant ce dithyrambe passionné, Gaston saisit la taille flexible de la jeune fille, qu'il serra contre son cœur avec un fiévreux transport.

Laurence, pâmée à demi, ne se débattait point contre cette fougueuse étreinte.

Mais, tandis que sa bouche laissait exhaler des sou-pirs extatiques, et que ses yeux mourants n'avaient plus de regards, elle se disait, triomphante et glacée :

— Enfin, j'ai réussi ! — Rien ne peut plus m'en-lever Gaston ! — Blanche disparaîtra et je serai marquise !

XIII

LE MARI ET LA FEMME

Lorsque sonna la cloche qui chaque matin, à onze heures précises, avertissait les habitants de la Folie-Normand que le déjeuner les attendait, Laurence avait quitté le marquis depuis quelques minutes à peine.

Gaston, resté seul au fond de la grotte où venait de se jouer la scène de passion et de haute comédie à laquelle nos lecteurs ont assisté, repassait dans sa mémoire, avec une ivresse indicible, tous les détails de cette scène.

Il tressaillit comme un homme qui s'éveille en entendant la cloche, et une ardente rougeur envahit son visage à la pensée qu'il allait se trouver en présence de sa femme.

Jamais, jusqu'à ce jour, il n'avait trompé Blanche ;

— la veille encore, il aurait hardiment juré qu'il ne la tromperait jamais.

Gaston ne savait pas mentir.

Sa nature droite et loyale éprouvait pour toute fausseté une horreur instinctive.

Et voici qu'il était jeté fatalement dans une voie de mensonge et de duplicité, d'hypocrisie et de trahison.

Désormais la main qu'il tendrait à Blanche serait une main perfide.

Ses lèvres, lorsqu'elles s'appuieraient sur le front pur de sa charmante et chaste compagne, lui donneraient le baiser de Judas.

Coupable toujours, criminel à tous les points de vue, l'adultère en effet devient infâme et lâche lorsqu'il s'installe sans pudeur au foyer conjugal.

L'homme qui, dans sa propre maison, choisit pour complice de sa faute une amie, une protégée de sa femme, fait plus que tromper celle qui porte son nom, il l'insulte :

Cet homme est un misérable.

Voilà ce que Gaston allait devenir, ou plutôt voilà ce qu'il était devenu déjà, tout d'un coup, brusquement, sans transition.

Un poëte a dit, en deux vers célèbres :

« Un seul jour ne fait pas d'un mortel vertueux
» Un perfide assassin, un lâche incestueux ! »

Ceci peut être vrai en thèse générale, mais il nous paraît indispensable d'admettre une exception pour les crimes dont la passion amoureuse est le mobile.

De même qu'un breuvage empoisonné fait en moins d'une heure couler la mort dans des veines où circulait un sang jeune et généreux, de même une dangereuse créature, une sirène aux regards meurtriers, peut en un instant s'emparer du cœur le plus ferme, troubler la raison la plus droite, tuer la conscience la plus timorée, anéantir jusqu'aux derniers vestiges du sens moral le plus délicat.

Certes, rien au monde ne saurait justifier Gaston. Personne sans doute n'entreprendrait de plaider sa cause, et cependant, il faut bien le demander, combien d'hommes auraient eu la force de résister mieux que lui aux séductions irrésistibles de Laurence?

Le marquis imposa rapidement silence aux faibles murmures de sa conscience défaillante.

Il chassa bien loin le trouble et la honte que la pensée de Blanche avait fait naître en lui.

Il se dit à lui-même pour s'innocenter à ses propres yeux.

— Je ne suis pas coupable, après tout! J'aime et je suis aimé... — Est-ce ma faute?... — Le chêne peut-il lutter contre le coup de tonnerre qui le frappe?... Je n'avais point appelé l'amour, quand l'amour est venu me foudroyer! On ne saurait se soustraire à sa destinée! la mienne est d'adorer Laurence

et d'être heureux par elle... — Pourquoi me ferais-je
un crime de ce bonheur mystérieux dont Blanche ne
souffrira point puisqu'elle l'ignorera toujours ?

En prêtant l'oreille avec complaisance à ces sophismes détestables, qui lui semblaient de solides et
inébranlables raisonnements, Gaston suivait à pas
lents l'allée sablée qui, après avoir décrit de gracieux
méandres sur les flancs de la colline, aboutissait au
perron de la villa.

L'excessive lenteur du jeune homme avait un
but.

Il souhaitait ne point se trouver seul avec sa
femme avant le repas du matin, car elle ne pouvait
manquer de lui parler de Laurence et il craignait de
se trahir par son trouble et par sa rougeur...

Son désir fut exaucé.

La marquise douairière, la jeune marquise et l'orpheline venaient de se mettre à table au moment où
Gaston entra dans la salle à manger.

Le marquis embrassa sa mère, sourit à Blanche et
évita de jeter les yeux sur Laurence dont l'embarras
à son aspect, croyait-il, pouvait devenir compromet-
tant.

Gaston se trompait de façon complète.

Le visage si merveilleusement beau de la jeune
fille pouvait défier tout examen.

Jamais il n'avait été plus calme.

Jamais les grands yeux à demi baissés de l'orpheline n'avaient paru plus limpides et plus chastes.

Une sorte de parfum virginal s'exhalait de sa personne entière.

Rien dans sa figure, rien dans son attitude, ne venait trahir les émotions violentes, impétueuses, qu'elle ressentait ou du moins qu'elle exprimait avec une ardeur incendiaire si peu de temps auparavant.

Le déjeuner fut court et point animé.

La marquise douairière, habituellement peu communicative, semblait l'être ce jour-là moins encore que de coutume.

Gaston, lui aussi, gardait le silence, ou du moins ne parlait que d'une façon distraite et presque par monosyllabes.

Blanche avait hâte de voir le repas s'achever, et elle évitait de le prolonger par quelque inutile causerie.

Laurence seule, entièrement étrangère en apparence aux préoccupations des convives, était la même que la veille, gracieuse, prévenante, et toute à tous.

On servit le thé qui, chaque matin, selon la mode britannique devenue française, faisait son apparition à la fin du déjeuner.

Blanche trempa tout au plus ses lèvres dans sa tasse, puis elle se leva et les autres convives l'imitèrent.

— Je vous enlève mon mari, — dit-elle en souriant à

la douairière et à Laurence, — nous avons ensemble
de très-grands secrets... — Mais soyez tranquilles, je
ne suis point égoïste et je vous le rendrai tout à
l'heure.

La jeune femme passa son bras sous le bras de
Gaston, un peu inquiet de cette démarche inattendue,
mais rassuré cependant par l'air de gaieté de sa
femme.

Elle ouvrit la porte vitrée qui conduisait au jardin,
et elle entraîna le marquis sur la pelouse.

— Eh bien, chère Blanche, — demanda-t-il du ton
le plus dégagé qu'il lui fut possible de prendre, —
qu'y a-t-il donc, et quels sont ces grands secrets que
nous avons ensemble ?...

— Tu le sais bien...

— Mon Dieu, non, je te jure...

— Comment !... et le mariage de Laurence !... le
comptes-tu pour rien ?...

— Je le compte pour beaucoup, au contraire, mais
en ce moment je n'y pensais pas...

— Cependant tu as vu Laurence ce matin...

— Oui... — répondit Gaston en s'efforçant de parler d'une voix ferme.

— Tu as causé avec elle...

— Sans doute.

— Je le savais...

— Ah ! bah !

— Je vous ai vus...

Gaston frissonna.

— Tu nous as vus... — répéta-t-il.

— Comme je te vois en ce moment...

— Explique-toi... — je ne comprends pas.

— C'est pourtant bien simple... — je venais de quitter mon lit... — Je m'approchai de la fenêtre et je regardai dans le jardin... — A travers les massifs je distinguai sur la hauteur, sous les rameaux du Patriarche, une robe blanche, évidemment celle de Laurence... — En même temps tu sortais de la maison... tu gravissais la colline et, après de longs circuits, tu regagnais la robe blanche... — Quelques minutes s'écoulèrent, puis je vous perdis de vue l'un et l'autre... — Où donc étiez-vous tous les deux ?...

— Sur la terrasse, en haut du jardin, — répondit Gaston devenu très-pâle.

— Eh bien, moi, je vous croyais dans la grotte... — continua la jeune femme. — Je m'habillai très-rapidement, — j'avais l'idée d'aller vous rejoindre... Je crois même que je quittai ma chambre dans cette intention...

Le marquis sentit son sang se figer dans ses veines ; — quelques gouttes d'une sueur glacée mouillèrent la racine de ses cheveux.

Blanche poursuivit :

— Mais, avant de poser le pied sur la première marche de l'escalier, je m'arrêtai, et la crainte

de troubler par ma présence l'entretien commencé
me fit renoncer à mon projet... Je restai... Maintenant, dis-moi bien vite si les résultats de ta diploma-
tie ont été tels que tu les espérais ? As-tu convaincu
Laurence qu'Emmanuel Enjalbert est le mari modèle
que Dieu créa tout exprès pour elle, et qu'il lui tient
en réserve depuis le commencement du monde?

Gaston secoua la tête.

— Eh quoi ! — s'écria Blanche, — tu n'as pas
réussi?

— Mon Dieu, non, et je suis bien forcé d'avouer
ma défaite.

— Ainsi, ce mariage auquel tu tenais tant?

— Il n'y faut plus penser.

— Ton protégé déplaît à Laurence?

— Il paraît que oui.

— Tu n'as rien négligé cependant, je suppose, pour
démontrer à notre fille adoptive que M. Enjalbert
est un homme accompli, et qu'elle doit se trouver
très-honorée et très-enchantée de sa recherche...

— Je n'ai rien négligé... j'ai dit tout ce qu'il fallait
dire.

— Qu'a répondu Laurence ?

— Tout simplement ceci : « *Je reconnais les qualités
de M. Enjalbert; je le crois le meilleur et le plus galant
homme du monde, mais je ne l'aime pas, et je serais
malheureuse avec lui.* »

— Et pas autre chose?

11.

— Comme je ne me tenais point encore pour battu et comme j'insistais, dans l'espoir de modifier les convictions de Laurence, elle a ajouté que si sa présence dans notre maison devenait pour nous une gêne et une fatigue, elle me suppliait de la laisser entrer au couvent.

— Au couvent ! — s'écria Blanche. — Dieu du ciel ! est-il bien possible qu'elle ait eu cette idée odieuse ? Pauvre chère fille ! au couvent ! Ces beaux cheveux coupés !... cette tête charmante encapuchonnée sous une guimpe !... — Ah ! mon ami, si j'avais entendu Laurence parler ainsi, je sens bien qu'il m'aurait été tout à fait impossible de ne pas fondre en larmes !! L'as-tu consolée, l'as-tu rassurée, au moins ?

— N'en doute pas !... — Je lui ai promis qu'il ne serait plus question d'Emmanuel Enjalbert, et je lui ai affirmé qu'elle n'était à charge à personne ici, et que ni toi, ni moi, n'avions la pensée de nous séparer d'elle avant le jour où elle demanderait à nous quitter pour suivre un mari de son choix.

— A la bonne heure ! Et maintenant, que vas-tu faire ?

— Rien absolument.

— Tu renonces donc à ton idée fixe de marier Laurence au plus tôt ?

— J'y renonce... — Je deviens superstitieux, et je me dis que l'homme, quel qu'il soit, qui doit l'aimer et qui doit lui plaire, saura bien la venir trouver ici sans que je m'en mêle et sans que personne s'en occupe

Blanche frappa ses deux petites mains l'une dans l'autre, et son visage prit une radieuse expression de joie.

— Enfin, — s'écria-t-elle, — te voilà converti, et nous avons maintenant juste la même manière de voir, ce qui prouve bien que c'est la bonne. — Oui, cher Gaston, je le crois fermement, les mariages sont écrits dans le ciel, et, s'il était décidé là-haut que tu dois être le mari de Laurence, tu deviendrais veuf tout exprès pour réaliser l'arrêt du destin en épousant notre pupille...

Le marquis était pâle... — il devint livide.

— Ah! — murmura-t-il, — quelle plaisanterie lugubre!

— Ce n'est qu'une plaisanterie, en effet; je la croyais bien innocente, et d'ailleurs il faut me la pardonner... je suis si heureuse que je ne sais plus ce que je dis.

— Oui... oh! oui... laissons les choses comme elles sont, et qu'elles restent longtemps ainsi... Je ne pouvais me faire, j'en conviens, à l'idée de me séparer de Laurence! — Cette chère enfant m'a pris une part de mon âme!... Entre elle et toi mon bonheur est complet, et vous vous partagez mon cœur...

Blanche, en parlant ainsi, jeta ses deux bras autour du cou de son mari et elle l'embrassa avec effusion.

Mais soudain, frissonnante, effarée, elle s'éloigna du marquis par un mouvement si brusque qu'on eût pu croire que la pointe d'un fer rouge se plaçait entre elle et lui.

Une effrayante pensée, un monstrueux soupçon se faisaient jour dans son esprit avec la rapidité de l'étincelle électrique, qui apporte tout à la fois avec elle la lumière et la destruction.

Elle venait de retrouver, sur les lèvres de Gaston, le parfum de la chevelure de Laurence !

XIV

LA JALOUSIE

— Eh bien, — demanda vivement Gaston, très-inquiet, en se rapprochant de sa femme pour la soutenir, car elle semblait au moment de tomber en défaillance, — eh bien, chère Blanche, qu'as-tu donc? — Est-ce que tu te trouves mal ?

La marquise fit un violent effort sur elle-même.

— Ah ! qu'il ne sache pas, qu'il ne sache jamais — se dit-elle, — l'idée horrible qui m'est venue...— Il ne me pardonnerait point cet injurieux soupçon...

Puis elle répondit d'une voix brisée, mais en appelant sur ses lèvres un pâle sourire :

— Ce n'était rien, mon ami, et pourtant j'ai beaucoup souffert... — un nuage a passé devant mes

yeux, le sol a tremblé sous mes pieds et il m'a semblé qu'une main de fer me broyait le cœur... — La
dernière minute de l'agonie doit ressembler à cela...
Mais, c'est déjà presque fini.

— Bien vrai, tu vas mieux?

— Je vais même tout à fait bien.

— Veux-tu que j'appelle Laurence?

— Non, non, n'appelle pas, n'appelle personne, je
t'en prie.

— N'as-tu besoin de rien?

— D'une seule chose.

— Laquelle?

— Un verre d'eau... — Veux-tu me le donner?

— J'y cours, mais du moins assieds-toi... tu es
encore pâle comme une morte...

— Oui, je vais m'asseoir en t'attendant.—Il y a des
chaises de jardin auprès du massif de lauriers-roses.

— Iras-tu bien jusque-là toute seule?...

— Mais certainement... — Tu me crois plus faible
que je ne le suis... — Tu vas voir...

En effet, Blanche se dirigea d'un pas presque ferme
du côté des lauriers-roses, tandis que Gaston traver-
sait la pelouse et gagnait la villa pour rapporter un
verre d'eau fraîche.

Pendant son absence, qui ne dura que quelques
secondes, Blanche réfléchit profondément, et elle
n'eut point de peine à se prouver que sa naissante
jalousie était non-seulement absurde et folle,

mais coupable, car elle constituait une gratuite et mortelle insulte pour les deux êtres qu'elle chérissait le plus au monde, son mari et sa fille d'adoption.

— Ai-je donc une mauvaise nature? — se demanda-t-elle avec un effroi mêlé de remords. — Comment ai-je pu supposer que Gaston et Laurence étaient capables de la plus lâche, de la plus infâme trahison? — Gaston est loyal entre tous... il m'aime exclusivement...—Jamais, depuis le premier jour de notre mariage, il ne m'a donné un sujet d'inquiétude ou de chagrin!... — Laurence éprouve pour moi l'affection profonde d'une fille pour sa mère, d'une sœur pour sa sœur. — Elle est pure comme les anges du ciel! — Et cependant j'ai osé les flétrir, ces deux nobles cœurs, par un impardonnable doute. — Allons, décidément j'étais folle !

. . . .

» — Eh! que prouve après tout, — reprit la jeune femme, — que prouve cet indice insignifiant qui m'a semblé la preuve d'un crime et qui m'a foudroyée? —Moins que rien!

» D'abord, j'ai pu me faire illusion.

» Peut-être ensuite, si j'entrais dans le cabinet de toilette de Gaston, y trouverais-je un flacon de cette essence de violette dont Laurence fait usage et qu'elle préfère à tous les parfums.

» Enfin, quand bien même Gaston aurait appuyé ses lèvres sur le front de Laurence, où serait le mal, et quelle pensée coupable pourrait se cacher sous une action si simple ?...

» Un père embrasse sa fille, et Gaston se regarde comme le père de Laurence. »

La jeune femme en était là de son monologue, lorsque le marquis revint avec le verre d'eau qu'elle attendait.

Elle le prit de ses mains en souriant, et elle le vida d'un trait.

— Comment te trouves-tu maintenant, chère Blanche ? — demanda Gaston.

— Regarde-moi bien en face, mon ami, — répondit la marquise, — et je crois que tu n'auras plus besoin de me répéter cette question.

— C'est vrai, car te voilà redevenue fraîche et charmante comme toujours...

Ceci n'était point un compliment.

Le doux visage de la jeune femme avait repris son radieux éclat, et l'émotion vive qu'elle venait d'éprouver donnait à sa peau transparente une coloration merveilleuse.

Blanche se suspendit au bras de son mari, et tous deux s'enfoncèrent dans les détours du parc.

. . . .

Quelques jours s'écoulèrent.

La vie des habitants de la Folie-Normand avait repris en apparence son calme habituel et son heureuse uniformité.

Rien n'annonçait un prochain orage.

Mais souvent la surface de l'océan est unie comme un miroir, quelques instants avant l'heure où la tempête déchaînée va soulever les vagues et creuser les abîmes.

Nous n'avons point l'intention d'écrire en ces pages un traité sur la *jalousie*, la plus indomptable peut-être des passions humaines, celle, à coup sûr, qui fait le plus cruellement souffrir et ceux qui la ressentent et ceux qui en sont les victimes.

La jalousie est indestructible.

On peut la combattre avec un semblant de succès, mais, en réalité, on ne parvient point à la vaincre.

Qu'elle soit bien ou mal fondée, qu'elle soit injuste ou légitime, elle ne s'endort jamais que pour se réveiller bien vite.

Quiconque a senti dans son cœur la morsure aiguë du démon de la jalousie, ne verra point les blessures saignantes se cicatriser.

Quiconque a été jaloux une fois le sera toute sa vie.

Le soupçon, vrai ou faux, ressemble à une tache d'huile sur un bois poreux.

Quoi qu'on puisse essayer pour l'extirper, on l'essayerait en vain, et la tache, sans cesse plus profonde, ira toujours s'élargissant.

La jeune marquise avait eu beau se dire, se prouver et se répéter que Gaston et Laurence

méritaient toute sa tendresse et toute sa confiance,
et que la seule pensée d'une hideuse trahison leur
ferait horreur, elle n'en éprouvait pas moins, à certaines heures d'isolement et de rêverie, d'instinctives
appréhensions, de vagues inquiétudes qui glaçaient
son cœur et faisaient passer sur son épiderme un frisson d'épouvante.

En ces moments-là elle rougissait d'elle-même,
— elle luttait courageusement, — elle repoussait de
toutes les forces de sa volonté ces angoisses involon-
taires et renaissantes.

Elle refusait de s'avouer vaincue, et malgré elle,
tremblante de honte, dominée par un sentiment
irrésistible, elle épiait d'un œil soupçonneux les
actions de Gaston et de Laurence, — elle étudiait
l'expression de leurs visages lorsqu'ils se trouvaient
en présence l'un de l'autre, — elle analysait les into-
nations de leur voix lorsqu'ils s'adressaient la parole.

Ce timide espionnage de la jeune femme ne pro-
duisit d'abord aucun résultat.

Laurence, malgré sa grande jeunesse et son ignorance relative des choses de la vie, pouvait lutter de
rouerie précoce avec les sirènes les plus habiles et
les plus dangereuses.

Cette enfant détestable avait l'*intuition* de la coquetterie, ou plutôt de la coquinerie féminine.

Sûre de son empire absolu sur le marquis Gaston
Castella, certaine que rien au monde ne pourrait

désormais éteindre l'incendie allumé par elle, elle suivait sans dévier d'un pas la route qu'elle s'était tracée et qui devait la conduire au but de ses ambitions et de ses espérances.

— Il faut que le marquis m'aime assez pour me donner son nom sans hésiter quand il sera veuf... — s'était-elle dit, — il faut qu'il ait pour moi autant de respect que de passion... — il faut enfin qu'une résistance désespérée lui prouve toute la valeur de sa conquête, et toute la force d'une vertu qui résiste même à l'amour.

En conséquence, la première fois que l'orpheline se trouva seule avec Gaston pendant quelques minutes, le lendemain de la scène de la grotte, elle lui dit d'une voix émue, en tendant vers lui ses mains suppliantes :

— Mon ami, au nom du ciel, si vous m'aimez, ayez pitié de moi!... — Oubliez les paroles imprudentes prononcées hier dans mon délire... — Oubliez un aveu qu'au prix de ma vie je voudrais reprendre. — Mon cœur est tout à vous... vous le savez et je vous le répète, mais vous l'entendez en ce moment pour la dernière fois... — Si vous ne voulez pas que je meure à vos pieds de honte et de désespoir, souvenez-vous que je ne puis... que je ne veux être pour vous qu'une sœur et qu'une amie...

Et, sans attendre la réponse de Gaston, stupéfait et désolé, Laurence s'enfuit et courut se réfugier au-

près de la marquise douairière, où le jeune homm
n'osa pas la suivre.

Ce manége, d'une habileté véritablement sup
rieure, se renouvela pendant bien des jours.

L'orpheline évitait toute occasion de tête-à-tê
avec Gaston.

Elle semblait avoir absolument renoncé aux pr
menades solitaires dont elle avait l'habitude.

Elle ne se séparait plus de la marquise douairiè
ou de Blanche, et, si ni l'une ni l'autre ne pouvaie
lui servir momentanément de sauvegarde, elle s'e
fermait dans sa chambre, en se réjouissant tout b
de la figure allongée et de la rage intérieure du ma
quis.

A plusieurs reprises nous avons entendu Laurenç
se parler à elle-même, avec une imperturbable ass
rance, du probable et prochain veuvage de Gasto
Castella.

Sur quels fondements mystérieux et sinistres l'c
dieuse créature faisait-elle donc reposer une tell
certitude?

Blanche, bien loin d'atteindre l'âge moyen de l
vie, était encore dans toute la fleur de la jeunesse e
de la beauté.

Quoique sa nature fût un peu frêle, ou plutôt dé
licate, elle se portait bien, et nul symptôme alarman
ne pouvait donner à ceux qui l'aimaient des inquié
tudes pour l'avenir, même pour un avenir éloigné

Comment donc l'orpheline pouvait-elle nourrir l'espoir effroyable de prendre la place de cette rivale pleine de vie?

L'un des devoirs du romancier, quand il explore les recoins sombres du cœur humain, est de ne point reculer devant les vérités les plus effrayantes.

Il faut qu'il voie les choses telles qu'elles sont, et ce qu'il a vu, il faut qu'il le dise...

A quoi bon atténuer l'horreur des sentiments monstrueux qui parfois se rencontrent sous son scalpel?

Les monstres sont des exceptions ! nous répondra-t-on peut-être.

Tant mieux pour l'humanité !...

Les créatures semblables à Laurence sont rares.

C'est, en vérité, fort heureux. — Seulement, puisque Laurence est un des personnages principaux de notre récit, nous devons peindre, non point une figure de fantaisie, banale, et par cela même inexacte, mais la terrible créature qui, dans le corps d'une vierge et d'un ange, cachait une âme de démon.

L'orpheline avait la ferme intention de tuer Blanche Castella pour la remplacer...

Elle ne comptait, pour consommer cet assassinat si froidement résolu, ni sur le poison, ni sur le fer.

Très-habile et très-lâche à la fois, Laurence était incapable de recourir, afin de se débarrasser de la marquise, à une dose d'arsenic versée dans un breuvage, ou à un coup de couteau donné en plein cœur.

Elle savait trop bien que l'arsenic laisse des traces, que le couteau dénonce la main qui le tenait, et que l'échafaud se dresse pour les meurtriers maladroits qui n'ont pas su cacher leur crime.

Mais elle savait aussi qu'en certains cas on tue une femme par le désespoir aussi sûrement que par la balle d'un pistolet, et c'est avec l'arme mortelle de la douleur qu'elle comptait frapper la marquise.

Pendant plusieurs jours, nous l'avons dit, rien ne vint confirmer les soupçons de Blanche Castella, grâce aux précautions prises par Laurence pour ne se jamais trouver seule avec Gaston.

Mais peu à peu ces précautions elles-mêmes offrirent un aliment trop réel aux défiances éveillées de la jeune femme.

Elle s'étonna de la persistance singulière avec laquelle l'orpheline évitait Gaston.

Elle crut voir quelque chose de contraint dans la manière dont elle lui parlait.

Il lui sembla qu'elle ne retrouvait plus, dans les rapports entre le marquis et Laurence, cette familiarité pleine de naturel et d'innocence, signe caractéristique de la mutuelle affection d'un homme d'honneur et d'une enfant adoptée par lui, élevée et grandie sous ses yeux.

Sans doute les diverses observations que nous venons de relater ne paraissaient offrir isolément que peu d'importance ; mais, réunies, elles formaient un faisceau de petites preuves alarmantes.

Blanche s'en émut d'autant plus qu'un changement visible se manifestait chez son mari.

Gaston était évidemment sous le coup d'une incessante préoccupation.

Une grande tristesse s'emparait de lui.

Sa pâleur augmentait, son visage, s'amaigrissant de jour en jour, attestait une sourde souffrance et des insomnies continuelles.

— Je n'ai rien ! Que veux-tu que j'aie ? — répondait-il avec une impatience nerveuse quand Blanche l'interrogeait avec une tendresse inquiète.

— Je ne puis vivre plus longtemps ainsi, — se dit enfin la jeune femme ; — dussé-je en mourir, il faut que je sache !

XV

LE PIÉGE

Blanche attendait avec une impatience fiévreuse quelque circonstance fortuite lui permettant d'éclaicir les doutes qui la faisaient si cruellement souffrir.

Le hasard ne lui vint en aide que trop vite.

Elle reçut une invitation à dîner d'une jeune femme de sa connaissance intime, la comtesse d'Audival.

» — *Mon mari est absent, chère marquise,* —lui écrivait cette amie; —*n'amenez pas le vôtre... aucune visite masculine ne viendra troubler notre solitude, et nous causerons modes et chiffons tout à notre aise. Ce sera charmant.* »

Blanche montra cette lettre à Gaston.

— C'est pour demain? — demanda-t-il avec une apparente négligence.

— Oui.

— Iras-tu?

— Pourquoi non? Voici longtemps déjà que je n'ai vu la comtesse, et, à moins que mon absence ne te contrarie, je suis fort tentée, je l'avoue, d'accepter son invitation...

— Eh! mon Dieu, sous quel prétexte irais-je te priver d'un innocent plaisir? — s'écria Gaston avec empressement. — Me crois-tu donc à ce point tyrannique? Accepte, ma chère Blanche, accepte!

— Ainsi, je vais répondre à la comtesse qu'elle peut compter sur moi?

— Oui sans doute, et je te charge de me mettre à ses pieds.

Blanche rentra dans son appartement pour écrire à son amie.

Le marquis sentait son cœur battre de joie et d'espérance à la pensée qu'il dînerait le lendemain en tête-à-tête avec Laurence, et que pendant la soirée tout entière il serait impossible à cette dernière de l'éviter, de le fuir, ainsi qu'elle le faisait depuis quelque temps.

La marquise douairière, très-souffrante et très-affaiblie, ne quittait presque plus sa chambre et paraissait bien rarement aux repas.

Le lendemain Gaston dit à Blanche:

— A quelle heure le dîner de la comtesse?

— A six heures.

II.   12

— A quelle heure partiras-tu ?

— A quatre heures et demie, je pense.

— Quelle voiture prendras-tu ?

— Le coupé... si toutefois tu n'en as pas besoin.

— Oh! moi, je ne compte nullement sortir, et je vais donner des ordres pour qu'on ne te fasse point attendre.

Gaston sortit de la chambre ; un sourire d'une expression déchirante se montra sur les lèvres de Blanche.

— Je n'en puis douter,—murmura la jeune femme, — il a hâte de me voir m'éloigner, et mon absence le comble de joie. — Cette tristesse, cette préoccupation, cette pâleur, qui m'affligeaient et qui m'inquiétaient, ont disparu comme par enchantement. Je retrouve aujourd'hui dans les yeux de Gaston la gaieté qui jadis y brillait sans cesse... Mais jadis il m'aimait, et c'était ma présence et non pas mon départ qui le rendait heureux...

Blanche soupira profondément, et elle appuya son mouchoir sur ses yeux pour arrêter les larmes prêtes à jaillir.

Elle se rendit ensuite dans le vestibule, où, certaine que personne n'était là pour l'épier, elle fouilla les tiroirs d'un vieux et magnifique bahut d'ébène, du temps de la Renaissance, et elle s'empara d'une double clef de la petite porte du jardin.

A quatre heures et demie le coupé stationnait

devant le perron ; — la jeune femme, très-simple-
ment vêtue d'une robe de couleur sombre, et envelop-
pée dans les plis amples d'un grand burnous algé-
rien, prenait place sur les coussins, après avoir reçu,
ou, plutôt, après avoir subi le baiser d'adieu de Gaston.

— Peut-être rentrerai-je un peu tard... — dit-elle à
son mari en se penchant à la portière, au moment
où le cocher rassemblait ses chevaux pour le départ.

— Rentre quand tu voudras, chère amie, — répliqua Gaston. — Je te promets de n'être point inquiet
et de te bien recevoir.

La voiture partit rapidement et ne s'arrêta que
rue Saint-Lazare, devant la porte du petit hôtel de
l'amie de Blanche.

— François, — dit cette dernière au cocher, —
vous pouvez retourner à Auteuil...

— A quelle heure faudra-t-il venir chercher madame la marquise ?

— Je n'aurai pas besoin de vous... Madame la
comtesse d'Audival me renverra dans sa voiture.

La comtesse d'Audival était une femme d'une
nature enjouée et d'un esprit vif et charmant.

Très-jeune et très-jolie, elle avait pris spirituel-
lement le parti de se trouver heureuse, quoiqu'elle
fût mariée à un homme plus âgé qu'elle de trente
ans, portant des cheveux postiches, se teignant les
moustaches et les favoris, et, nouveau Jupiter,

semant en pluie d'or les trois quarts de ses immenses
revenus dans les boudoirs des faciles Danaés du théâtre du Palais-Royal, de celui des Variétés, et dans
ceux du quartier Bréda.

— Le comte est sans contredit le plus galant
homme du monde! — s'écriait parfois madame d'Audival en riant. — Il se montre pour moi plein d'é-
gards, il prévient mes moindres désirs, il consent
enfin à tout ce que je lui demande, même à ne me
point aimer, ce dont je lui sais un gré infini!

Malgré ce *caractère enjoué* (comme on disait du
temps de Molière et des *précieuses*), et malgré tous
ses efforts, madame d'Audival ne vint point à bout
de dissiper la mélancolie, ou plutôt la préoccupation de Blanche, et le dîner des deux amies fut d'une
inénarrable tristesse.

La jeune marquise mit l'altération de ses traits et
sa croissante taciturnité sur le compte d'un malaise
auquel elle ne pouvait se soustraire, et trouva moyen
de couper court, grâce à ce prétexte plausible, aux
questions de la comtesse étonnée et curieuse.

Aussitôt après le repas, Blanche affirma que le
malaise en question prenait des proportions presque
inquiétantes.

— Chère Henriette, — dit-elle à son amie, — vous
venez d'avoir en moi ce soir une convive bien déplorable... — Pardonnez-moi de vous quitter si vite,
après avoir été si maussade, mais je me sens à tel

point souffrante qu'il me serait impossible de tarder plus longtemps à regagner mon logis...

— Les choses étant ainsi, — répondit madame d'Audival, — j'aurais mauvaise grâce à vous retenir... — Donc je vous laisse libre, quoique désolée de vous voir partir, et surtout de vous voir souffrir... — J'irai certainement demain à Auteuil, chère amie, chercher de vos nouvelles, et j'espère vous trouver plus vaillante.

— N'en doutez pas... — Il ne s'agit, je crois, que d'une migraine... — Je suis persuadée qu'une nuit de sommeil suffira pour dissiper ces vilains nuages qui flottent autour de mon cerveau.

Blanche s'efforçait de sourire en parlant ainsi, mais elle était pâle comme une morte et semblait véritablement très-malade.

Elle noua les brides de son chapeau et jeta son burnous sur ses épaules.

— Je vais faire prévenir vos gens, — dit madame d'Audival.

— Mes gens ne sont pas là, — répliqua la marquise ; — en arrivant j'ai renvoyé ma voiture.

— Alors, attendez quelques minutes... Je vais donner l'ordre d'atteler sur-le-champ.

— Je vous supplie de n'en rien faire.

— Parlez-vous sérieusement?

— Très-sérieusement, je vous l'affirme.

12.

— De quelle manière comptez-vous donc retourner chez vous ?

— Dans un fiacre, que je vous prie de vouloir bien envoyer chercher pour moi...

— Un fiacre !

— Mon Dieu, oui.

— Mais, pourquoi un fiacre, quand mes chevaux sont à vos ordres ?

— Parce que, depuis bien longtemps, j'ai la fantaisie de faire une course en voiture à gros numéro, et, puisque l'occasion se présente aujourd'hui, c'est le cas ou jamais de la saisir.

— Soit ! Je comprends les caprices, en ayant moi-même quelques-uns. Va donc pour le char numéroté ! Mais du moins mon valet de chambre montera sur le siége à côté du cocher.

— Non ! non ! pas le moins du monde ! — La présence d'un valet de chambre de bonne maison ôterait à mon aventure ce petit cachet d'originalité et de hardiesse qui me charme.

La comtesse se mit à rire, puis elle reprit :

— En vérité, chère marquise, je ne m'étais jamais doutée que vous aviez l'esprit si fort aventureux !... Enfin, que votre volonté soit faite ! On va vous quérir une citadine et vous vous en irez toute seule puisque vous le désirez si vivement.

Cinq minutes après Blanche Castella montait en

fiacre, et le lourd véhicule roulait lentement vers Auteuil.

Madame d'Audival n'avait ajouté qu'une médiocre créance aux explications assez peu vraisemblables de son amie.

Elle demeura persuadée que la jeune marquise, jusqu'à ce moment si vertueuse, venait de quitter la route droite pour les chemins de traverse, et que son embarras, son trouble, sa pâleur, son apparent malaise, décelaient l'agitation et les angoisses d'une femme honnête qui va cesser de l'être et qui, toute tremblante et se sentant perdue, mais cédant au vertige qui l'entraîne, court à un premier rendez-vous.

Ainsi juge bien souvent le monde !

Combien de femmes, chaque jour, accusées et condamnées sur de semblables apparences, ne le sont pas moins injustement que Blanche Castella !..

Ceci est vrai, — nous l'affirmons, — et s'il nous fallait citer des exemples à l'appui, nous n'aurions que l'embarras du choix.

Quelques secondes avant d'arriver en face de la petite porte qui touchait à la grille de la Folie-Normand, la jeune marquise fit arrêter sa voiture.

Elle descendit ; — elle paya le cocher, qui tourna bride aussitôt ; elle continua son chemin à pied, d'un pas furtif, rasant la muraille de clôture, et elle ne tarda point à atteindre la petite porte dont elle avait la clef dans sa poche.

La nuit était profonde, mais belle, et les myriades d'étoiles semées sur le manteau d'azur sombre du ciel donnaient par leurs rayonnements une sorte de transparence à l'obscurité.

§

Rejoignons Gaston et Laurence, et voyons comment le faible mari, et la sirène malfaisante profitaient de la solitude que l'épouse offensée et trahie leur avait ménagée pour les surprendre.

Le dîner fut court et silencieux.

La présence des domestiques dans la salle à manger arrêtait forcément sur les lèvres de Gaston l'expression des sentiments tumultueux qui débordaient dans son cœur.

L'orpheline semblait atteinte d'un mutisme absolu.

Elle répondait brièvement et d'une voix très-basse aux quelques paroles banales et de pure politesse que le marquis ne pouvait se dispenser de lui adresser devant ses gens.

Elle tenait sans cesse les yeux baissés et elle évitait, avec une persistance manifeste, de croiser une seule fois son regard avec celui de son interlocuteur.

Jamais d'ailleurs elle n'avait été plus belle, — jamais sa beauté n'avait exhalé ce je ne sais quoi d'irrésistiblement séduisant qui rayonne autour de

certaines femmes, et qui produit des effets compa-
rables à ceux des philtres magiques auxquels on
croyait autrefois.

Laurence semblait s'efforcer de paraître calme, mais
sa respiration haletante et son corsage soulevé par
les battements précipités de son sein déclaient une
violente agitation intérieure.

Qu'elle fût réelle ou simulée, le spectacle de cette
agitation enivrait Gaston.

— C'est ma pensée qui la trouble ainsi, — se disait-
il avec ravissement, — c'est ma présence qui fait
battre son cœur... — Je crois que le jour est venu,
je crois que l'heure est proche où je dois triompher
enfin d'une résistance aussi cruelle pour Laurence
que pour moi-même...

Et il attachait sur l'orpheline de longs regards
d'où jaillissaient des flammes magnétiques.

Le repas était terminé.

Les domestiques placèrent le dessert sur la table
et se retirèrent pour un instant.

Gaston s'empressa de mettre à profit ces quelques
minutes de liberté complète.

— Laurence, — murmura-t-il d'une voix tremblante, — ayez pitié de moi! — Si vous n'avez pour
moi ni haine ni mépris, si vous ne voulez pas me voir
mourir de désespoir, ou me tuer moi-même à vos
pieds, cessez de m'infliger des souffrances qui sont au-
dessus de mes forces!... Vous avez entr'ouvert devant

moi les portes du paradis, et maintenant vous me
rejetez en enfer ! — Est-ce juste ? — Que vous ai-je
fait ? Ce soir nous sommes seuls... ce soir nous
sommes libres... Il faut que je vous entende... il faut
que je vous parle... il faut que je sache de vous le
dernier mot de ma destinée... — Ce rendez-vous
que j'implore, Laurence, ne me le refusez pas !...
— Pour une heure cessez de me fuir, sinon, sur ma
foi de gentilhomme, je vous jure que dans cinq
minutes je me ferai sauter la cervelle !

L'orpheline tressaillit ; — elle devint livide et elle
balbutia :

— Gaston, vous parlez de mourir ! Gaston, vous
menacez de vous tuer !... Ah ! c'est mal !... c'est bien
mal... et vous êtes cruel !

— Je ne suis pas cruel, je suis désespéré !... — ma
vie est en vos mains... — Si vous refusez de m'é-
couter ce soir, vous prononcerez mon arrêt de mort !

Laurence poussa un gémissement :

— Vous le voulez, — balbutia-t-elle, — eh bien,
soit ! — Aussi bien, il faut en finir !... — Dans une
heure... à la grotte... je vous attendrai !... — Que
Dieu nous pardonne à tous deux une faute qui est
un crime, et qu'il fasse retomber sur moi seule tous
les malheurs que je prévois !...

XVI

LA CERTITUDE

Blanche ouvrit sans bruit la petite porte, et la referma derrière elle après s'être introduite furtivement dans le jardin.

Tout semblait autour d'elle désert et silencieux.

— Si pourtant je m'étais trompée! — se dit-elle, — si la jalousie m'avait inspiré des soupçons odieux et mensongers!... — s'il devenait évident pour moi que Gaston et Laurence n'ont point profité de mon absence pour se réunir!... — Oh! si cela était, quel bonheur! quelle joie divine!

Cette pensée fit battre le cœur de Blanche et il lui sembla qu'un baume délicieux coulait dans ses veines et rafraîchissait son sang, brûlé par les insomnies et par le chagrin.

Elle suivit à pas lents l'allée circulaire décrivan
une courbe élégante autour de la pelouse et abou
tissant au perron.

Le salon, — nous croyons l'avoir déjà dit, — s
trouvait au rez-de-chaussée.

Une lumière vive s'échappait des fenêtres entr'ou
vertes.

La jeune femme s'approcha des ces fenêtres, er
ayant soin cependant de se tenir hors de la porté
des rayons lumineux qui se projetaient au dehor
sur le sable de l'allée et jusque sur le gazon de la
pelouse.

Deux lampes carcel répandaient leurs clarté
sidérales dans la vaste pièce.

Ni Gaston, ni Laurence n'étaient là.

Blanche leva les yeux vers les croisées du premier
étage.

Toutes étaient sombres, excepté celle de la chambre à coucher de la marquise douairière.

Peut-être Gaston passait-il la soirée auprès de sa
mère... — peut-être l'orpheline s'y trouvait-elle
aussi.

Une telle supposition n'avait rien d'inadmissible,
et cependant la jeune femme secoua la tête en se
disant :

— Non... non !... — S'ils sont ensemble, ce n'est
point auprès de ma mère...

Assaillie de nouveau par les soupçons poignants

qui ne lui avaient accordé que quelques instants de trêve, Blanche Castella, le cœur serré par les plus sombres pressentiments, se dirigea vers les profondeurs du jardin.

Elle avait en ce moment la conviction que ses doutes feraient bientôt place à une désespérante certitude.

Cependant elle n'eut pas un instant la pensée de s'arrêter, d'interrompre l'épreuve et de retourner en arrière.

A tout prix elle voulait savoir, dût-elle mourir foudroyée par l'évidence de la trahison !

Elle parcourut ainsi la plus grande partie du jardin, d'un pas lent et inégal, semblable à celui du condamné qui marche au supplice.

Elle s'enfonçait à dessein dans les allées les plus tortueuses, les plus obscures, persuadée que les deux complices devaient rechercher celles-là pour y cacher leur crime et leur honte.

Elle n'entendait que le bruit des battements de son cœur, — le frou-frou de sa robe de soie frôlant les feuilles tombées, — le murmure monotone des ruisselets qui, de cascatelle en cascatelle, glissaient sur la déclivité de la colline.

Fatiguée de cette inutile recherche elle allait reprendre, au bout de plus d'une heure, le chemin du pavillon, lorsque le hasard la conduisit auprès de cette grotte que nous connaissons et dont un rideau de lierres flottants voilait l'ouverture.

Là elle s'arrêta, frissonnante, — elle chancela, et, pour ne point tomber, elle fut obligée de s'appuyer contre le tronc d'un arbre.

Le bruit faible, entrecoupé, à peine distinct, de deux voix qui parlaient au fond de la grotte, derrière le rideau de lierre, venait de frapper son oreille, et dans ces voix il lui semblait reconnaître celle de Laurence et celle de Gaston.

Alors un nuage de feu passa devant ses regards, — des tintements bizarres, des bourdonnements confus remplirent son cerveau... — elle crut sentir le sol se dérober sous ses pieds... — elle crut voir les noires silhouettes des grands arbres s'agiter et former une ronde autour d'elle...

Une crise de ce genre devait, selon toute apparence, se terminer par un évanouissement.

Il n'en fut point ainsi.

Blanche eut la force de dominer son émotion et de résister à la défaillance qui s'emparait d'elle.

Elle resta debout, et ces symptômes alarmants que nous venons de signaler se dissipèrent avec une extrême promptitude.

Le nuage de feu disparut, — les bruissements firent silence, — la terre redevint immobile, — la ronde des grands arbres s'interrompit.

La jeune femme, entièrement rendue à elle-même, ne craignit pas alors de quitter son point d'appui.

Elle se rapprocha de la grotte et elle écouta.

. . . .

Le tête-à-tête du marquis Castella et de l'orpheline durait depuis plus d'une heure et semblait devoir se prolonger indéfiniment.

Le dialogue, tournant dans un cercle vicieux, se répétait sans cesse et n'avançait point, ainsi qu'il arrive toujours dans ces entretiens amoureux où l'un ne se lasse pas de supplier et où l'autre s'obstine à refuser.

Le fond et la forme des dialogues de ce genre sont identiques, par la force des choses ; les répliques se suivent et se ressemblent fatalement, par l'excellente raison que les mêmes demandes, répétées cent fois, entraînent cent fois les mêmes réponses...

— Laurence... Laurence... — disait le marquis avec une expression désespérée, — ah ! je vois bien que vous ne m'aimez pas ! !...

— Est-ce ne point vous aimer, — répondait l'orpheline, — que ne pas vouloir votre mépris?

— Mon mépris ! ! — Laurence, que dites-vous ! ! — vous savez bien que je ne vous mépriserai jamais ! !...

— Gaston, vous me mépriseriez demain si je vous cédais aujourd'hui... J'accepte votre amour et j'en suis fière, mais je veux que votre estime l'accompagne...

— Laurence, encore une fois, vous ne m'aimez pas comme je vous aime ! !

— Je vous aime plus et mieux, peut-être ! !...

— La chose qui m'est la plus chère en ce monde, après vous, c'est mon honneur. — Eh bien, si vous me demandiez mon honneur, je vous le sacrifierais sans hésiter!...

— Non, Gaston, vous ne feriez pas cela .

— Je le ferais, vous dis-je!!...

— Je refuse de vous croire, de même que moi je refuserais de vous déshonorer ! — L'amour, ce sentiment divin, cette union des cœurs et des âmes, doit être sans souillure! — C'est ainsi que je le comprends, — c'est ainsi que je l'éprouve ! — Je vous aime mille fois plus que ma vie, Gaston! — Je donnerais pour vous tout mon sang goutte à goutte et je mourrais joyeuse, en disant votre nom dans mon dernier soupir si je mourais pour vous!... — Mais vous n'obtiendrez de moi, sachez-le bien et ne l'oubliez pas, ni une lâcheté, ni une trahison.

— Cette lâcheté, cette trahison dont vous parlez, — s'écria le marquis avec feu, — Laurence, où sont-elles donc?

— Vous voulez le savoir?

— Je vous supplie de me l'apprendre...

— La marquise, votre femme, n'a-t-elle point été pour moi une mère, la meilleure des mères!... — une sœur aînée, la plus tendre des sœurs?... Reconnaître ses bienfaits en lui enlevant son mari, ne serait-ce pas une trahison odieuse ?... — Devenir votre maîtresse sous son toit, ne serait-ce pas une

lâcheté infâme?... — Ceci est la vérité, Gaston, l'éclatante vérité, et je vous défie d'y répondre...

— J'y répondrai pourtant... — L'homme n'a ni la
force ni le droit d'imposer silence à son cœur! —
Quand le cœur parle, il faut l'écouter, — quand il
commande, il faut obéir... — Hors de là, point de
vérité, rien que des phrases et des sophismes comme
ceux que je viens d'entendre!... — Que devez-
vous, d'ailleurs, à la marquise?... — Qu'a-t-elle fait
pour vous? — Quels sont ces bienfaits qui vous en-
chaînent par la reconnaissance?... — Qui donc n'aurait agi comme elle? — Qui n'aurait recueilli l'enfant
abandonnée?... — Plus tard, elle a subi le charme!...
elle vous a aimée!... mais tout le monde vous aime!
— Elle obéissait à la loi commune... elle ne pouvait
faire autrement, et vous ne lui devez rien pour cela...

— C'est mal, ce que vous dites, Gaston!... —
répliqua vivement Laurence. — La reconnaissance
ne me pèse pas, et je n'ai point envie de m'en affran-
chir.

— Mais elle me pèse, à moi! — s'écria le marquis,
— elle me pèse, cette reconnaissance qui se dresse
entre nous comme une infranchissable barrière; —
je veux en finir avec elle une fois pour toutes!... —
Imposez donc silence à ces délicatesses insensées
qui font de moi le plus malheureux des hommes, ou
plutôt respectez ces scrupules, que j'admire après
tout, car leur exagération même prouve la noblesse

de votre cœur... — Acceptez ce que je vous ai pro-
posé déjà... — ce que je vous propose encore... Prenez ce parti qui concilie vos délicatesses et mon bonheur... — Quittez cette maison... — je vous suivrai...

— Me suivre !... — répéta Laurence avec un
accent d'incrédulité, — me suivre ! y pensez-vous?
pourriez-vous le faire?...

— Croyez-vous donc que j'hésiterais?...

— Oui, certes, vous hésiteriez et, au dernier
moment, vous reculeriez j'en suis sûre...

Gaston frappa du pied avec une colère mal contenue.

— Qu'ai-je donc fait, — s'écria-t-il, — pour que
vous doutiez ainsi de moi?... — Suis-je un homme
faible et sans volonté?... — Quels motifs impérieux
pourraient me retenir ici lorsque vous en seriez
partie?...

— Des motifs parfaitement légitimes et respec-
tables... — Votre femme, d'abord...

— Laurence, je vous en supplie, cessez de me parler de ma femme !...

— Vous vous devez à elle !...

— Je ne me dois qu'à vous, puisque c'est à vous
seule que mon cœur appartient...

— Vous avez aimé Blanche, cependant !...

— C'est-à-dire que j'ai cru l'aimer... Elle était belle
et j'étais jeune... — En faut-il plus pour expliquer
mon erreur d'autrefois?...

— Mais aujourd'hui, après tant d'années d'une vie à deux, n'éprouvez-vous plus rien pour celle qui porte votre nom?

— Laurence, depuis que je vous aime, personne n'existe plus pour moi.

— Je veux le croire...—Pourtant vous deviendriez coupable et cruel en désespérant votre femme.

— Eh! qui vous dit qu'elle serait désespérée?

— Accepte-t-on sans souffrance l'abandon de celui qu'on aime?... — Or, Blanche fait plus que vous aimer... elle vous adore...

Gaston haussa les épaules.

— Allons donc! — répliqua-t-il d'un ton dédaigneux. — Vous la connaissez mal! — Blanche est une nature glaciale, sur qui les passions brûlantes n'ont aucune prise... — Comment m'adorerait-elle?... — Elle ne sait même pas ce que c'est que l'amour...

— En êtes-vous certain?... — demanda Laurence.

— Oui, certain...

— Eh bien, j'affirme, moi, que vous vous trompez!... — Blanche vous paraît froide, parce que son amour est tranquille... — Mais la mer aussi n'est jamais plus calme, dit-on, qu'à l'heure qui précède les orages... — Votre femme se croit sûre de vous... Elle s'endort dans son bonheur, qu'elle juge devoir être éternel!... — L'abandon serait pour elle peut-être le coup de vent qui soulève les flots et déchaîne la tempête.

— Eh bien, que m'importe, après tout? — Est-ce ma faute si je vous aime?... — Quel reproche peut-on m'adresser?... — L'aiguille aimantée se tourne obstinément vers le pôle... — Je vais, comme elle, où le courant irrésistible m'entraîne!... — En ce bas monde, chacun pour soi!... — S'il était en mon pouvoir d'éviter à Blanche une douleur, un chagrin, je le ferais. — Que puis-je aujourd'hui? Rien, vous le savez!... — D'ailleurs, le chagrin passe vite... — Blanche versera quelques larmes et se consolera.

— Il est des désespoirs incurables!...—dit Laurence d'une voix lente et d'un air grave.

— Le désespoir de la marquise ne sera pas de ceux-là! — répliqua Gaston.

— Qui sait?... — Si pourtant Blanche allait mourir de votre abandon; quel crime pour vous, et quel remords!...

— Si Blanche mourait, — répliqua le jeune homme, que poussait à sa perte je ne sais quel démon échappé de l'enfer, — la marquise Castella s'appellerait bientôt Laurence...

En prononçant, presque sans en avoir conscience, ces hideuses paroles qui résonnèrent à son oreille comme un blasphème, Gaston frissonna malgré lui.

Il achevait à peine, lorsqu'un gémissement sourd,

un cri étouffé, se firent entendre près de la grotte, et furent immédiatement suivis du bruit sourd produit par la chute d'un corps humain sur le sol.

Laurence fit un geste de triomphe, et un sourire d'une expression étrange se dessina sur ses lèvres.

— On nous épiait ! — balbutia Gaston en s'élançant, effaré et furieux, hors de la grotte.

Ses pieds heurtèrent le corps de sa femme. — Il souleva dans ses bras ce corps inanimé, et, malgré les ténèbres, il reconnut aussitôt, ou plutôt il devina la marquise.

— Malheur ! — s'écria-t-il, — malheur ! — C'est Blanche !... — elle écoutait !... elle a tout entendu !...

Malgré le rôle abominable et inexcusable joué par lui dans la conversation qui précède, Gaston, nous croyons devoir le répéter, était bien moins un méchant homme qu'un homme faible, un homme entraîné.

En parlant à Laurence ainsi qu'il venait de le faire, il avait été de bonne foi, et cependant le fond de son cœur valait mieux que ses paroles.

Il oublia, pour un instant, tout ce qui venait de se passer, — il ne se souvint plus ni de son amour, ni de l'orpheline ; — de grosses larmes roulèrent sur ses joues, et il murmura dans un sanglot :

— Blanche est morte !... c'est moi qui l'ai tuée... — Je suis un misérable !...

13.

XVII

DEUX LETTRES

Non, Blanche n'était pas morte!... — malheureusement pour elle.

Gaston, écrasé sous le poids d'un remords violent, mais qui devait être, hélas ! de courte durée, s'était agenouillé sur le sable, à côté de sa femme sans connaissance.

Tantôt il se frappait la poitrine, — tantôt il pressait dans ses mains les mains froides de l'ange qu'il croyait tué par lui ; — il murmurait d'incohérentes paroles de repentir et d'amour; il faisait des serments que Blanche ne pouvait entendre ; — enfin, il était à moitié fou d'effroi et de douleur, croyant naïvement racheter sa trahison par son désespoir.

Il pleurait, — nous l'avons dit.

Ses larmes tombaient goutte à goutte et brûlantes, sur le pâle visage de Blanche.

Ce furent ces larmes qui tirèrent la jeune femme de son évanouissement profond.

Elle fit un léger mouvement et un soupir s'exhala de ses lèvres.

— Vivante!... elle est vivante!... — s'écria le marquis avec un immense élan de joie. — — Oh, mon Dieu! soyez béni, vous m'avez pardonné!

La voix de Gaston, frappant les oreilles de Blanche, acheva de ranimer la jeune femme.

Elle ouvrit les yeux, — elle se souleva à demi, et le sentiment de sa situation lui revint avec une promptitude foudroyante, en même temps que la lumière se faisait dans son esprit et dans ses souvenirs.

Gaston, qui venait de passer son bras autour des épaules de sa femme pour la soutenir, la sentit frissonner sous son étreinte.

— Blanche, chère Blanche... — murmura-t-il, — c'est moi... moi qui t'aime mille fois plus que ma vie!... moi qui ne cesserai jamais de t'aimer!... — Tu m'entends, Blanche... tu me crois... — Oh! ne doute pas, je t'en supplie, car je te jure sur mon honneur et sur mon amour, que je dis la vérité!!

La malheureuse femme poussa un sourd gémissement.

— Si je mourais, — balbutia-t-elle en répétant les

monstrueuses paroles qui venaient, quelques minu
tes auparavant, de lui traverser le cœur comme ur
coup de couteau, et de la blesser incurablement, —
si je mourais, la marquise Castella s'appellerait bien
tôt Laurence...

Gaston se meurtrissait la poitrine.

La grandeur de son crime, l'énormité de son infa
mie, se dressaient devant lui et lui faisaient peur

— Blanche ! — s'écria-t-il d'une voix décomposée
— j'avais la tête perdue... j'étais fou... je mentais..
— Mais, tu as raison, tu ne peux pas me croire... —
Je suis un misérable !... Veux-tu que je me tue ?

Un amer sourire vint au lèvres de la marquise.

— Est-ce qu'on se tue,— murmura-t-elle,— quand
on a dans le cœur un amour comme le vôtre ?... —
Et d'ailleurs, quel est votre crime? de quoi donc
êtes-vous coupable?... — Vous ne m'aimez plus, ou
plutôt vous ne m'avez jamais aimée... — Est-ce votre
faute? — Vous l'avez crié tout à l'heure, Gaston !..
on ne peut pas m'aimer, moi !

En parlant ainsi qu'il venait de le faire, en disant
ce qu'il venait de dire, Gaston était de bonne foi.

S'il avait eu sous la main, en ce moment, une ar
me, couteau ou pistolet, il se serait frappé en plein
cœur, il se serait fait sauter la cervelle.

A défaut de l'arme qui lui manquait, il eut la pen
sée de se briser la tête contre un arbre, contre une
muraille, contre un des rochers de la grotte.

Mais pour se rapprocher de l'arbre ou du rocher, il fallait abandonner Blanche, que ses bras continuaient à soutenir, et, dans la situation où se trouvait la jeune femme, il ne pouvait lui retirer l'appui que ses bras lui donnaient.

Il se mit donc à plaider sa cause avec un désordre plus entraînant que l'éloquence la plus persuasive ; il s'efforça de toucher Blanche, de la ranimer, de la convaincre, d'effacer enfin l'impression terrible et meurtrière produite sur elle par la certitude d'une honteuse trahison.

Au bout de quelques minutes, la marquise l'interrompit.

— Tout à l'heure, — dit-elle amèrement, — tout à l'heure je vous écoutais déjà... — C'étaient la même voix, les mêmes accents, presque les mêmes paroles... — Vous étiez suppliant comme à présent, — comme à présent vous étiez prodigue de paroles d'amour ! — et tout cela, cependant, vous l'adressiez à une autre !... — Regardez-moi bien, Gaston... — reconnaissez-moi... — je suis votre femme, et c'est peut-être à ma rivale que vous croyez parler...

— Blanche... chère Blanche..., — s'écria le marquis désespéré, — n'auras-tu pas pitié de moi?...

La jeune femme fit un faible mouvement d'épaules.

— De la pitié!!... — répéta-t-elle, — eh bien, soit, — j'ai pitié de vous... — je veux vous épargner une nouvelle honte et de nouveaux mensonges... — Cessez

d'inutiles discours, auxquels je ne crois pas...
cessez d'hypocrites protestations qui me révoltent et
qui m'humilient, car elles témoignent qu'à défaut
d'amour vous ne me gardez pas même votre estime... — Tout est fini pour moi dans la vie... — j'ai
vieilli de vingt années en quelques minutes... —
Mon âme est morte, mon cœur est brisé, et peut-
être n'attendrez-vous pas longtemps désormais l'heure
heureuse et souhaitée où la marquise Castella s'ap-
pellera Laurence !...

Un spasme violent succéda aux dernières paroles
de Blanche .

Gaston, frémissant d'épouvante, sentit le corps
souple qu'il étreignait se raidir dans ses bras.

La tête de la jeune femme roula en arrière, — ses
paupières s'abaissèrent sur ses yeux, et les battements
de son cœur devinrent si faibles qu'on eût pu croire
qu'ils allaient s'éteindre.

Blanche venait de perdre connaissance pour la se
conde fois.

Gaston la souleva dans ses bras (ce fardeau léger lui
pesait à peine) ; — il reprit rapidement le chemin de
la maison, — il gravit l'escalier qui conduisait à la
chambre de la marquise, et, voulant éviter de mettre
ses domestiques dans la confidence de ce qui se passait, il déshabilla lui-même sa femme, l'étendit sur
son lit et lui prodigua des soins qui restèrent d'abord
inutiles.

Ce fut en vain qu'il mouilla ses tempes avec de l'eau fraîche et qu'il lui fit respirer des sels anglais ; — malgré tout il ne parvenait point à la ranimer.

Très-inquiet de cette crise si longue, très-effrayé de n'obtenir aucun résultat, il allait appeler un domestique et envoyer chercher un médecin, lorsqu'il entendit le bruit d'une voiture qui s'arrêtait devant le perron de la Folie-Normand.

Se sentant complétement incapable de recevoir en un tel moment, le marquis passa dans l'antichambre de sa femme et frappa sur un timbre, décidé à faire congédier au plus vite le visiteur importun.

— Monsieur le marquis a sonné ? — demanda le valet de chambre en s'inclinant.

— Qui donc vient d'arriver ?

— Personne, monsieur le marquis.

— Cependant il m'avait semblé entendre le bruit d'une voiture ?...

— C'est un coupé de remise que mademoiselle Laurence a donné l'ordre d'aller chercher pour elle à la station la plus proche.

Gaston tressaillit et sentit son cœur se serrer.

Depuis une heure la pensée de l'orpheline ne s'était pas une seule fois présentée à son esprit.

Il devenait maintenant clair pour lui que Laurence allait accomplir quelque résolution décisive ; qu'elle allait, en un mot, *faire un coup de tête.*

Evidemment, elle se disposait à quitter la maison où, depuis son enfance, elle avait vécu.

— La malheureuse enfant ! — pensa le marquis. — Si elle part, où ira-t-elle ?

Certes, Gaston comprenait bien qu'après ce qui venait de se passer, Laurence ne pouvait rester sous le toit de Blanche : son départ était nécessaire.

Disons plus : il était inévitable.

Mais Gaston ne pouvait permettre qu'elle s'éloignât aussi brusquement, à une heure avancée, comme une servante qui a volé et qu'on chasse, sans qu'il eût fait choix pour elle d'un asile sûr et convenable.

— Ah ! mon Dieu ! monsieur le marquis se trouve mal !... — s'écria tout à coup le valet de chambre, très-surpris de voir son maître pâlir et chanceler sans cause apparente.

Profondément humilié de donner ainsi son émotion en spectacle à un domestique, qui ne manquerait point de commenter à l'office ce qu'il avait vu, Gaston fit sur lui-même un violent effort et domina son trouble.

— Non, — dit-il d'une voix qu'il réussit presque à rendre assurée, — non, je ne souffre pas... Allez prévenir mademoiselle Laurence que je la prie de vouloir bien m'attendre un instant dans le salon.

— Oui, monsieur le marquis.

Le valet fit quelques pas pour s'éloigner, mais il se retourna presque aussitôt vers Gaston.

— Monsieur le marquis, — dit-il, — il est trop tard mademoiselle Laurence est partie !

En effet, on entendait retentir de nouveau le bruit des roues broyant le sable, et la voiture s'éloignait rapidement.

— C'est bien, — murmura Gaston atterré. — je n'ai plus besoin de vous.

— Faudra-t-il prévenir monsieur le marquis quand mademoiselle Laurence rentrera ?

— C'est inutile. Allez !

Le valet sortit.

— Ah ! c'est trop de malheur à la fois ! — s'écria le marquis, resté seul, en se frappant la poitrine avec désespoir. — Blanche malade... en danger peut-être... et Laurence disparue... disparue pour toujours sans doute ! Blanche ne m'aime plus ! Laurence ne m'a jamais aimé ! A quoi bon vivre maintenant ?.

On frappa doucement à la porte.

Le marquis se hâta d'essuyer ses yeux humides, et il donna l'ordre d'entrer.

C'était la femme de chambre chargée d'une façon spéciale du service de Laurence.

— Que voulez-vous ? — demanda brusquement Gaston à cette fille. — Parlez vite...

— J'apporte une lettre pour monsieur le marquis, et une autre pour madame la marquise.

— De quelle part ?

— De la part de mademoiselle Laurence...

— Donnez.

La femme de chambre sortit.

Gaston tenait dans sa main les deux enveloppes, sur lesquelles était tracés son nom et celui de Blanche.

Le papier satiné et parfumé de ces enveloppes lui brûlait les mains.

L'écriture fine et aristocratique de la suscription, ces caractère d'une élégance exquise, tracés par la main de Laurence, l'éblouissaient et l'aveuglaient.

— Qu'y a-t-il là dedans ? — se demandait-il. — Quelle douleur nouvelle va s'échapper pour moi de ce frêle papier?... — Quel coup écrasant vais-je recevoir encore ?

Et il ne se sentait pas le courage de briser le cachet de cire rouge.

Deux ou trois minutes se passèrent ainsi ; puis Gaston se décida soudainement.

Il déchira l'enveloppe... — il déploya le papier, et lut les lignes suivantes, écrites d'une main fiévreuse, et dont l'encre, pâlie çà et là, offrait d'évidentes traces de larmes :

« Gaston, cher Gaston, je vous le demande à mains jointes, lisez cette lettre jusqu'au bout... — ne la jetez pas loin de vous avec colère, avec mépris, lorsque vous en aurez parcouru les premières lignes, vous à qui sans doute maintenant je fais horreur, comme je me fais horreur à moi-même...

» Je quitte cette demeure où s'est écoulée mon heureuse enfance, où s'est passée ma triste jeunesse ; — j'abandonne cette maison qui devait être sacrée pour moi comme un temple, et j'y laisse, en m'éloignant, la honte, le malheur et le désespoir...

» Je pars, je m'enfuis, sans seulement tourner la tête et sans oser regarder derrière moi, tant j'ai la conscience du mal que j'ai fait à ceux que j'aime... et cependant j'ai le droit de dire que de toutes les femmes je suis la plus à plaindre, mais que je suis la moins coupable...

» Écoutez-moi, Gaston, — jugez-moi, — et ensuite condamnez-moi si vous en avez le courage...

» Je n'étais qu'une enfant encore, et je vous aimais déjà...

» J'en atteste le Dieu puissant qui lit au fond des cœurs, rien au monde n'était plus chaste que cette tendresse profonde où l'admiration se mêlait à la reconnaissance...

» Je ne vous aimais pas comme une fille aime son père car, malgré la différence de votre âge et du mien, je voyais la jeunesse en sa fleur rayonner sur votre front...

» Je vous aimais comme une sœur aime son frère aîné, — vous occupiez sans cesse mes regards et ma pensée...

» Lorsque vous étiez près de moi, mes yeux ne pouvaient se détacher de vous...

» Lorsque vous n'étiez pas là, je n'avais qu'à regardé
au dedans de mon âme pour vous y voir, et je passai
les heures de l'absence à attendre la minute du re
tour...

» Je devins une jeune fille...

» Rien n'était changé dans mes sentiments pou
vous : — ma tendresse, tout en grandissant, resta
calme, et je croyais plus que jamais vous aimer comm
on aime un frère...

» Le moment arriva où je fis, sous vos auspices, mo
entrée dans le monde...

» Pendant les premières soirées, une sorte d'eni
vrement, d'étourdissement bizarre, s'empara de moi..

» J'entendis de toutes parts répéter que j'étais bell
et beaucoup d'hommes, vous le savez, s'empressèren
autour de ma beauté...

» Je vous dois la vérité, mon ami, puisque ceci es
une confession, en même temps que ce sera, je l'es
père, une justification, et, cette vérité, je vous la di
rai tout entière...

» Je fus orgueilleuse, d'abord, de ces hommage
qui montaient vers moi comme la prière monte ver
Dieu...

» Je respirai avec une joie folle, avec un immens
orgueil, les vapeurs de l'encens brûlé sur mes autels..

» J'avais seize ans à peine !... — Cet âge rendr
peut-être excusables à vos yeux ces accès d'absurd
vanité, qui durèrent d'ailleurs peu de temps...

» A mesure que je regardais les hommes empressés autour de moi, je ressentais pour eux un dédain grandissant ; — ils me semblaient bien petits et bien nuls, bien mesquins et bien sots... — Ils produisaient sur moi l'effet de pantins mis en mouvement par des rouages identiques, et parlant tous le même langage...

» Savez-vous pourquoi, Gaston, savez-vous pourquoi mon impression se modifiait ainsi brusquement ?...

» Vous ne le savez pas, et je vais vous le dire...

» C'est qu'involontairement, instinctivement, presque à mon insu, en même temps que je regardais ces hommes, je vous regardais...

» Je les comparais à vous, malgré moi, et, dans cette comparaison, vous les dominiez de toute la hauteur de votre immense supériorité...

» Hélas ! cette comparaison involontaire devait m'être fatale !...

» En vous voyant tel que vous étiez, en vous comprenant comme vous méritez d'être compris, en appréciant les qualités tout à la fois brillantes et solides, dont les autres possèdent à peine quelques-unes et qui se réunissent en vous seul, je commençai à sentir mon cœur battre d'une façon étrange, et j'éprouvai près de vous un trouble dont mon innocence ne cherchait point à se rendre compte, mais que je trouvais délicieux...

» Le malheur irréparable de ma vie allait se consommer !...

» Mon affection pour vous changeait de nature...

» Ma tendresse de sœur se transformait, hélas ! ! — elle devenait un sentiment fatal... un sentiment coupable et qui me tuera !...

» Elle devenait de l'amour ! !

» Oh ! Gaston, pourquoi ne suis-je pas morte, avant de savoir que je vous aimais ainsi ! ! — Au moins je serais morte heureuse. »

. . . .

En cet endroit de la lettre, des traces de larmes plus nombreuses rendaient l'écriture presque illisible.

Il était clair comme le jour qu'arrivée aux dernières lignes que nous venons de reproduire, Laurence avait pleuré beaucoup... ou que, du bout de son joli doigt rose, elle avait laissé tomber sur le papier de nombreuses gouttes d'eau, dans le but intelligent de simuler des larmes.

Cette dernière supposition nous paraît, à nous, infiniment vraisemblable, mais nos lecteurs doivent comprendre qu'elle ne se présenta même pas à l'esprit de Gaston.

Une indicible émotion faisait trembler la main du jeune marquis et mettait un voile devant ses regards.

Il passa son mouchoir sur ses yeux humides, et il reprit sa lecture :

« Je vous aimais Gaston, — continuait la lettre, — j'éprouvais pour vous une passion indomptable, une passion insensée, mais, si grande était ma candeur, que j'ignorais ce qui se passait dans mon âme, et j'aurais pu l'ignorer longtemps encore, si Blanche et vous n'aviez porté la lumière dant la nuit de mes sentiments...

» Le jour où, pour la première fois, la marquise Castella m'a parlé de mariage, j'ai compris que je vous aimais...

» Vous vouliez tous les deux me donner à un autre... — je me suis juré que, puisque la fatalité me défendais de vous appartenir, je n'appartiendrais à personne, et ce serment-là, Gaston, je le tiendrai!... — Oui, sur ma vie, je le tiendrai!...

» Hélas!... j'en avais fait un autre... et, à celui-là, j'ai manqué!...

» Je m'étais juré de mourir, plutôt que de vous laisser deviner l'amour fatal qui me dévorait... — je voulais m'éloigner de vous... — je demandais comme une grâce d'aller enfermer dans un cloître ma vie perdue, mon cœur brisé, mes ardeurs criminelles...

» Gaston, vous ne l'avez pas voulu!

» Ai-je besoin de vous rappeler cette soirée qui ne s'effacera jamais de ma mémoire et où, sans le savoir, sans le vouloir, entraînée, fascinée, éperdue et folle, j'ai laissé mon secret s'échapper de mes lèvres?...

» Cette soirée, Gaston, si je devais vivre longtemps, resterait dans ma mémoire comme un souvenir de délices et d'horreur.

» Quel crime! mais aussi quelle ivresse!

» Je rougis de honte et d'effroi, et je voudrais pou
voir effacer de mon existence ces heures adorée
et maudites... — Mais mon cœur bat à rompr
ma poitrine... mon sang bouillonne dans mes veine
embrasées, et mes bras se tendent vers vous...

» Depuis cette soirée, Gaston, que n'ai-je pas fait
non-seulement pour vous résister, mais encore pou
me résister à moi-même?...

» J'ai lutté, vous le savez bien... — j'ai lutté de
toute la force de ma faiblesse... — j'ai eu le courage d'éviter avec vous tout entretien... — j'ai supporté héroïquement mes souffrances sans nom...—
j'ai fait bien plus encore, puisque j'ai supporté les
vôtres...

» Ce soir, pour notre malheur à tous deux, le courage m'a fait défaut...

» J'ai consenti à vous entendre *pour la dernière fois*,
et ce sera bien, en effet, la dernière fois...

» J'avais des pressentiments funestes... — il me
semblait qu'un grand malheur était dans l'air et pla-
nait sur nous...

» Mes pressentiments ne me trompaient pas !

» Le malheur est venu !

» Il est venu, plus terrible, plus complet, plus foudroyant que je n'aurais pu le prévoir !

» Votre honneur et le mien viennent de périr dans
le grand naufrage où s'engloutit notre bonheur et
celui de votre femme.

» La marquise me regarde comme une ingrate et lâche créature, comme une vipère réchauffée dans son sein et qui paye ses bienfaits par une morsure infâme et mortelle.

» Dieu seul lit au fond des âmes ! En me jugeant ainsi, la marquise use de son droit, et je lui pardonne de tout mon cœur son involontaire injustice.

» Mais je connais bien votre femme ; elle ne vous pardonnera jamais, à vous, votre trahison. — Les blessures de l'amour peuvent se cicatriser... Celles de l'amour-propre ne se referment point.

» La marquise n'oubliera pas... Il y aura toujours, oui, toujours, entre elle et vous, le fantôme du passé ! — Votre intérieur est perdu, hélas ! et c'est mon ouvrage ! — Je suis la cause, l'unique cause de cette irréparable calamité, et cependant j'aurais donné tout mon sang, goutte à goutte, pour vous éviter un chagrin !

» Vous comprenez qu'avec un tel remords, avec le fardeau d'une responsabilité à ce point écrasante, j'ai beau me savoir innocente, il m'est impossible d'accepter la vie !

» Ah ! Dieu m'en est témoin... c'est sans le vouloir que j'ai fait le mal, et j'en ai été la première victime ; mais il n'en est pas moins juste et légitime que j'en sois punie, et je me charge de la punition.

» Gaston, je vous ai demandé, en commençant cette lettre, de la lire jusqu'au bout. C'est que les

II.   14

lignes que je trace en ce moment renferment un adieu éternel.

» Ce n'est pas cette maison seulement que je vais quitter : c'est la vie.

» Le jour qui s'achève ne sera pour moi suivi d'aucun autre jour.

» Demain vous entendrez dire :

» *Une jeune fille inconnue, pauvre à coup sûr, et sans doute malheureuse, vient de chercher un asile dans le suicide...*

» Vous pourrez, vous, répondre :

» — Cette jeune fille inconnue, c'est Laurence... — Elle est morte pour m'avoir aimé !

» Vous voyez, mon ami, que je n'ai point fait un serment téméraire en jurant de n'appartenir à personne puisque je ne pouvais être à vous.

» La fatalité me défend de dormir dans vos bras... — je dormirai dans ceux de la mort !

» Encore une fois, Gaston, adieu !... — Les derniers battements de mon cœur seront à vous, à vous seul, comme l'ont été les premiers.

» LAURENCE. »

Avant de commencer cette lecture, Gaston, agenouillé auprès du lit de sa femme, oubliait l'orpheline.

Après l'avoir achevée, il ne se souvenait plus de Blanche.

— Ah ! — balbutia-t-il avec une exaltation délirante, — j'arriverai assez tôt pour la sauver ou pour
mourir avec elle !

Et, la tête égarée, il frappa à deux ou trois reprises
sur un timbre.

Plusieurs domestiques accoururent.

Parmi ces domestiques se trouvaient le valet de
chambre du marquis et la femme de chambre de
l'orpheline.

Gaston, sans même réfléchir à l'étonnement que
devaient causer ses questions, et aux suppositions auxquelles elles allaient infailliblement donner
lieu, demanda d'une voix décomposée :

— Quelqu'un de vous se trouvait-il auprès de mademoiselle Laurence au moment où elle est montée
en voiture ?

— Moi, monsieur, — répondit la femme de
chambre. — C'est sur le perron que mademoiselle
Laurence m'a remis la lettre pour monsieur le marquis, et celle pour madame la marquise.

— Et quel ordre mademoiselle Laurence a-t-elle
donné au cocher ?...

— Elle lui a dit : — *A Paris.*

— Et rien de plus ?...

— Non, monsieur le marquis, rien de plus.

Gaston fit un geste de découragement, et son visage prit une expression de profond désespoir.

— Ah ! — balbutia-t-il, — c'est à devenir fou !...

Comment la retrouver ?... comment la rejoindre ?

Il releva la tête et s'aperçut que tous les domestiques le regardaient d'un air étonné.

Mais que lui importait ?

A cette minute, pour lui, il n'y avait dans le monde entier que Laurence... — Le reste n'existait pas !...

— La voiture de louage, Baptiste, — demanda-t-il au valet de chambre, — c'est vous, n'est-ce pas, qui êtes allé la chercher ?...

— Oui, monsieur le marquis.

— Où est la station.

— A dix minutes d'ici, tout au plus.

— Eh bien, courez à cette station, et donnez l'ordre qu'aussitôt que le cocher qui a mené mademoiselle Laurence à Paris sera de retour, on me l'envoie.

Les domestiques échangèrent entre eux des regards significatifs.

— Monsieur le marquis, — demanda Baptiste, entraîné par une curiosité si invincible qu'elle lui fit oublier toutes les convenances, — mademoiselle Laurence ne reviendra donc pas ici cette nuit ?...

Gaston lança au malencontreux questionneur un coup d'œil foudroyant.

Le valet de chambre effaré s'élança hors de la pièce.

— Sortez vous autres, sortez tous ! — reprit le marquis, — je n'ai plus besoin de vous.

Les domestiques disparurent.

Gaston se laissa tomber sur un fauteuil.

— Ah ! — murmura-t-il avec rage, — avant que cet homme soit de retour, Laurence aura eu dix fois, vingt fois, cent fois, le temps de mourir !... — Qui donc me viendra en aide ?... — qui donc me tirera de cet abîme de désespoir où je m'engloutis ?... — qui donc prendra ma vie, pour sauver la vie de Laurence ?

Gaston avait parlé d'une voix presque haute.

Le bruit d'un soupir et d'un sanglot arriva jusqu'à lui, par la porte entr'ouverte de la chambre à coucher de sa femme.

Il se souvint alors de la marquise, qu'il avait laissée sans connaissance et dont la lettre et le départ de l'orpheline venaient de distraire si complétement sa pensée depuis une demi-heure.

Il crut sortir d'un rêve et il franchit le seuil de la chambre.

Blanche n'était plus évanouie.

Assise sur son lit, elle cachait son visage pâle dans ses deux mains tremblantes et elle pleurait amèrement.

Au moment où son mari s'approcha d'elle, Blanche écarta ses mains et releva la tête.

— Gaston, — dit-elle d'une voix brisée, — si toute pitié n'est pas morte dans votre cœur, au nom du ciel laissez-moi partir !

— Partir ! — répéta le marquis, — mais c'est de

14.

la folie ! — Où donc irais-tu, Blanche, si tu sortais d'ici ?...

— Je ne sais pas... mais ce que je sais bien, c'est qu'il m'est impossible de rester un instant de plus dans cette maison.

— Pourquoi?...

— Vous osez le demander ! — Pour qui me prenez-vous, Gaston !... — Croyez-vous donc que je consente à vivre une heure encore sous le même toit que cette femme ? — Je pourrais la chasser, mais, ne craignez rien pour elle... — je ne m'abaisserai point à des scènes de violence indignes de moi... — Qu'elle reste... c'est moi qui partirai...

— Celle de qui tu parles n'est plus ici... — murmura Gaston.

Une lueur passagère brilla dans le regard éteint de Blanche.

— Ah ! — s'écria-t-elle, — est-ce possible ? Est-ce bien vrai que l'odieuse créature ait pris la fuite ?

— Blanche, la colère te rend injuste !... — Accable-moi, je l'ai mérité; mais n'insulte pas une malheureuse enfant qui n'a rien à se reprocher, et qui peut-être, au moment où je te parle, s'est déjà cruellement punie d'une faute qui n'était pas la sienne.

— Que voulez-vous dire ?... Je ne vous comprends pas.

— Lis, — répliqua Gaston en présentant à Blanche l'enveloppe qui portait le nom de la marquise Castella.

— Elle m'écrit !... — balbutia la jeune femme. — Elle ose m'écrire !... Ah ! quelle audace et quelle impudeur !

— Blanche, — s'écria Gaston avec une violence contenue, — prends garde d'insulter une morte !

Un tremblement nerveux s'empara de la marquise·

Elle attacha sur son mari un regard où se lisaient le doute et l'épouvante, puis elle déchira l'enveloppe et elle en dévora le contenu.

La lettre de Laurence était courte.

Elle ne contenait que ces quelques lignes :

« Madame la marquise,

» Vous que j'ai si tendrement aimée, vous que j'aime si tendrement encore, vous que je ne reverrai jamais, je vous supplie de me pardonner.

» Je vous ai grièvement offensée, mais c'est sans le savoir et sans le vouloir, je le jure.

» Je tombe à vos genoux avec une humilité sans bornes, avec un repentir immense, avec un désespoir incurable.

» Encore une fois, je vous demande grâce.

» Souvenez-vous, madame la marquise, qu'on ne repousse point le vœu suprême de ceux qui vont mourir, et c'est une mourante qui vous écrit.

» Souvenez-vous de cela, et vous daignerez m'accorder peut-être le pardon que j'implore.

«LAURENCE. »

— Ah ! — s'écria Blanche, — maintenant j'ai peur
de comprendre ! La malheureuse ! que va-t-elle faire ?

— Se tuer !... Elle est partie d'ici pour cela...

— Mais... — reprit la marquise avec exaltation,
— mais il faut empêcher cet acte de folie et de désespoir ! — Celle que j'ai recueillie, adoptée... celle que
j'ai vue grandir... celle que j'ai nommée ma fille et
ma sœur ne peut mourir ainsi !... — Il faut la sauver !... — A tout prix il faut la sauver !

— Et comment ?... grand Dieu !... comment ?...

— Il est temps encore peut-être d'entraver cet
affreux projet ! — s'écria Blanche. — Courez, Gaston, courez !... — Mais non, non... — reprit-elle
aussitôt, — n'y allez pas... Je vous conjure de n'y
point aller !... Je vais courir moi-même auprès de
Laurence... Je lui dirai que je lui pardonne, et que
je l'aime encore, et que je la supplie de vivre... mais
de vivre loin de nous... bien loin...

En disant ce qui précède, Blanche s'était jetée
hors de son lit et cherchait ses vêtements épars autour d'elle.

— Restez, Blanche ! — murmura Gaston d'une
voix sombre. — La malheureuse enfant est condamnée sans ressource, irrévocablement perdue, car
vous ignorez, ainsi que moi, quel est le lieu choisi
par elle pour y cacher son suicide.

Blanche attacha sur son mari un regard acéré et
presque farouche.

— Ah ! — s'écria-t-elle ensuite, — si vous saviez où est Laurence, vous seriez déjà près d'elle !

— Croyez-vous donc que je la laisserais mourir ?

— Non, oh, non, je ne le crois pas... — N'avez-vous point dit tout à l'heure, et ne l'ai-je pas bien entendu : — *Qui donc prendra ma vie, pour sauver la vie de Laurence ?* Ah ! cette femme, cette femme, comme vous l'aimez, mon Dieu, comme vous l'aimez !

Surpris par cette agression imprévue, Gaston, déjà livide, pâlit encore et sentit un frisson courir sur sa chair.

Le hasard lui sauva d'ailleurs l'embarras d'une réponse qui, sans doute, aurait été violente et cruelle, car, presque toujours, l'homme qui souffre devient méchant, surtout lorsque la souffrance est le résultat de ses propres fautes.

Le bruit lointain d'une voiture se fit entendre.

Gaston prêta l'oreille et ne respira plus.

Le bruit se rapprocha rapidement et ne s'interrompit qu'au moment où la voiture s'arrêtait devant le perron de la villa.

Cette voiture, sans aucun doute, était celle qui venait de mener Laurence à Paris.

Le marquis s'élança hors de l'appartement de sa femme, descendit l'escalier comme un ouragan, en renversant presque au passage son valet de chambre qui accourait le prévenir, et il sortit du vestibule.

Le coupé de louage stationnait devant le perron dont ses lanternes éclairaient les marches.

Le cheval soufflait bruyamment.

— Mon bourgeois, — dit le cocher au marquis, — on vient de me prévenir à la station, comme je rentrais, que vous m'aviez fait dire de venir chez vous tout de suite. Je n'ai pas perdu tant seulement la queue d'une minute, j'ai fouetté le poulet d'Inde, et me voilà. Qu'est-ce qu'il y a pour votre service?

— C'est vous, — demanda Gaston, — qui avez conduit à Paris une jeune fille il y a une heure?

— Une belle demoiselle que j'étais venu chercher ici? Oui, bourgeois.

— Où avez-vous laissé cette jeune fille?

— Je vais vous raconter la chose en deux temps... Comme nous arrivions dans le bois de Boulogne, la demoiselle tape au carreau... — J'arrête ma boîte et je me retourne.

» — Cocher, — qu'elle me dit, — vous me conduirez à un hôtel.

» — Lequel? — que je demande.

» — Celui que vous voudrez, pourvu que ce ne soit pas un hôtel riche, dans les grands quartiers.

» — Ça suffit, j'ai votre affaire.

» Il faut vous dire, bourgeois, que je connais le propriétaire d'un petit hôtel très-bien tenu, faubourg Saint-Honoré, une maison honnête tout à fait, où logent les cochers les plus comme il faut, quand ils

sont sans place... l'*Hôtel d'Albion*... C'est là que j'ai
mené la demoiselle, sans arrêter, sauf devant la bou-
tique d'un pharmacien, où elle est descendue et où
elle a acheté quelque chose. Voilà l'anecdote de point
en point. — Présentement, qu'est-ce qu'il faut faire?

— Vous allez me conduire.

— Où donc?

— A Paris, à l'*Hôtel d'Albion*, et surtout brûlez le
pavé !

— Mais, bourgeois, mon cheval n'en peut plus.

— Si cette course forcée le tue, je vous le payerai
le double de sa valeur.

— Il n'est pas à moi, il est au patron.

— Eh bien, cent francs pour vous, mais au galop,
cocher, au galop !

— Soyez paisible... on ira bon train.

Gaston ouvrit la portière pour se jeter dans la
voiture.

Le cocher l'arrêta.

— Bourgeois, — lui dit-il, — faites attention que
vous êtes sans chapeau... on vous prendra pour un fou.

— Un fou ! — murmura le marquis en se dirigeant
vers sa chambre à travers les escaliers qu'il escalada.
— C'est qu'en effet je deviens fou !...

Il saisit le premier chapeau qui lui tomba sous la
main et il allait sortir de son appartement, lorsque,
sur le seuil, une femme ou plutôt un fantôme se
dressa devant lui.

C'était Blanche.

— Gaston, — balbutia-t-elle, — où vas-tu?...

— Tu le sais bien... je vais la sauver...

— Gaston, au nom du ciel, n'y va pas !

— Tu veux donc qu'elle meure ?...

— Que Dieu me préserve d'une telle pensée !... Je veux qu'elle vive, mais j'irai moi-même...

— Tu arriverais trop tard, et je serais un assassin.

— Je suis prête à partir... j'arriverai à temps.

— C'est impossible !... — Fais-moi place !...

— Gaston, faut-il tomber à genoux pour te conjurer?... — Gaston, si tu ne veux pas me tuer cette nuit, cède à ma prière ardente et ne revois point cette femme...

— Chaque minute de retard est une chance de plus que tu donnes à la mort !... — s'écria le marquis. — Je te répète qu'il faut que je passe !...

Blanche, à bout de forces mais non vaincue, anéantie mais non résignée, s'était laissée glisser jusqu'à terre devant son mari, dont elle embrassait les genoux avec des gémissements sourds et des sanglots convulsifs.

Gaston, mis hors de lui-même par cette résistance à laquelle il ne s'attendait pas, et dont les conséquences, —il le croyait du moins, — pouvaient être terribles et irréparables, n'ajouta pas une parole et prit le parti d'employer la force, puisque la persuasion, il le comprenait bien, serait inutile.

Il se pencha donc vers Blanche, — il essaya de dénouer l'étreinte des deux bras enlaçant ses genoux, et, comme il n'y parvenait point, il tordit ces bras charmants avec assez de violence pour arracher à la jeune femme un cri d'angoisse et de douleur.

En même temps, par un mouvement brusque, il la repoussa et, aussitôt que la porte se trouva libre devant lui, il s'élança au dehors.

Blanche tomba à la renverse.

Dans sa chute, le haut de sa tête heurta l'angle d'un meuble.

Elle éprouva une sensation aiguë et cuisante, — elle porta la main à l'endroit blessé et, quand elle retira cette main, elle y vit des gouttes de sang.

— Mon Dieu, — balbutia-t-elle d'une voix inarticulée, — mon Dieu, c'est un rêve que je fais !... un mauvais rêve... un rêve effrayant !... — mon Dieu, permettez que je m'éveille !... — mon Dieu, éloignez de moi le hideux cauchemar qui m'oppresse et qui m'étouffe !... — Rien de ce qui se passe autour de moi n'est réel et n'est possible... Une créature humaine, lorsqu'elle n'a rien fait pour mériter un tel châtiment, ne saurait tomber ainsi tout à coup des sommets du bonheur dans les gouffres du désespoir ;

Blanche achevait à peine cette déchirante lamentation lorsque le bruit de la voiture qui s'éloignait, emmenant Gaston, frappa distinctement son oreille.

La jeune femme tressaillit comme on tressaille

lorsqu'un brusque réveil interrompt un sommeil
profond.

— Oh ! non, — s'écria-t-elle, — non, je ne rêvais
pas !... — Tout est vrai, tout est réel... — Je suis lâchement trahie !... je suis abandonnée !... — Gaston
me foule aux pieds pour courir à Laurence. — Il
vient de le prouver !... — Personne ne m'aime...
je suis un obstacle pour ceux qui s'aiment, et je
vois bien que c'est à moi de mourir !...

XVIII

A L'HOTEL D'ALBION

Laurence venait de jouer un coup décisif et de disposer sa mise en scène avec une promptitude, avec une justesse de coup d'œil, qui faisaient le plus grand honneur à l'esprit d'intrigue de ce Machiavel en jupons.

Pareille à ces généraux habiles qui ne laissent rien au hasard et réussissent à l'aide d'un calcul savant de probabilités à se rendre compte à l'avance, d'une manière parfaitement exacte, de toutes les chances favorables et défavorables de la bataille prochaine, Laurence avait prévu les moindres incidents de la soirée à laquelle nous venons de faire assister nos lecteurs.

Depuis longtemps les soupçons de Blanche ne lui échappaient point.

Elles les avait vus grandir de jour en jour et d'heure en heure, à partir du moment où, pour la première fois, ils s'étaient révélés à elle.

Elle ne mettait point en doute que la marquise ne veillât et qu'une surprise ne dût être prochaine.

Bien loin de redouter cette surprise, elle l'appelait de tous ses vœux.

Ne fallait-il pas en finir avec une situation qui menaçait de se prolonger indéfiniment?

Ne fallait-il pas mettre Gaston dans l'absolue nécessité de choisir ouvertement entre deux femmes : l'une qui était à lui, et qu'il n'aimait plus; l'autre qui ne lui appartenait pas encore, et qu'il adorait?

N'était-il pas indispensable enfin, pour Laurence, de quitter la maison d'Auteuil en des circonstances telles que le marquis ne pût se dispenser de la suivre?

Tout cela semblait, au premier abord, difficile à réaliser; mais l'orpheline était une de ces natures privilégiées qui possèdent le grand art de diriger les événements.

Lorsque Laurence apprit que Blanche allait dîner à Paris sans son mari (ce qui ne lui arrivait jamais) un sourire se dessina sur ses lèvres; elle devina en moins d'une seconde le plan si simple de la jeune femme, et elle se dit avec une complète assurance :

— C'est pour ce soir.

Nous savons déjà qu'elle ne se trompait pas.

Elle passa le reste de la journée à combiner la lettre que, selon toute apparence, elle adresserait à Gaston quelques heures plus tard.

Lorsque après le dîner elle accorda un tête-à-tête au marquis, dans la grotte du parc, elle avait la conviction, pour ne pas dire la certitude, que l'apparition de Blanche servirait de dénouement à cet entretien.

L'événement prouva qu'en cela comme en tout le reste, elle avait deviné juste.

Immédiatement après la catastrophe finale, c'est-à-dire après l'arrivée et l'évanouissement de la marquise, Laurence s'empressa d'aller s'enfermer dans sa chambre, tandis que Gaston, terrifié, prodiguait des soins à sa femme.

L'orpheline écrivit avec une rapidité prodigieuse les deux lettres dont elle avait arrêté d'avance le contenu.

Aussitôt ces lettres terminées, Laurence envoya chercher une voiture et partit pour Paris, bien certaine qu'avant deux heures Gaston saurait le nom de l'hôtel où elle se serait fait conduire, et qu'il ne perdrait pas un instant pour la rejoindre et pour entraver ses prétendus projets de suicide.

Chemin faisant la dangereuse créature fit une courte halte devant une pharmacie dont les bocaux bleus, rouges et jaunes, traversés par la lumière des lampes, illuminaient la rue de clartés multicolores..

Là elle acheta un petit flacon rempli d'un liquide inoffensif, mais dont la nuance brune reproduisait à s'y méprendre celle du poison actif et violent qui s'appelle le *laudanum*.

Elle descendit ensuite à l'hôtel d'Albion, où le cocher du coupé de louage jugea convenable de la conduire ; elle prit une chambre modeste, qu'elle paya d'avance en annonçant qu'elle partirait le lendemain matin, et elle attendit l'arrivée de Gaston tout en se disant :

— Quelque diligence qu'il fasse, il ne peut être ici avant une heure ou deux.

Pour occuper les loisirs de cette longue attente, Laurence gratta fort adroitement l'étiquette du petit flacon, et, à la place du mot pharmaceutique qui s'y trouvait inscrit, elle traça le nom du poison terrible dont nous avons parlé quelques lignes plus haut.

. . . .

Rejoignons Gaston Castella au moment où il quittait la Folie-Normand.

L'appât irrésistible des cent francs promis agissait sur le cocher, qui fouettait son cheval avec une énergie voisine de la férocité.

Le malheureux animal, dont la tranchante lanière de cuir cinglait incessamment l'échine amaigrie et les côtes saillantes, galopait comme certes il ne l'avait jamais fait aux jours de sa jeunesse.

Haletant et blanc d'écume, il procédait par bonds impétueux et irréguliers, faisant craquer son harnais, secouant ses brancards, ébranlant enfin le véhicule dans sa carcasse, comme les coups de mer ébranlent dans sa membrure un vieux canot désemparé.

A chaque instant, le train et les roues étaient menacés d'une complète dislocation.

De minute en minute le quadrupède infortuné semblait près de s'abattre.

Le cocher cependant, enivré d'avance par la pensée des innombrables verres de vin bleu que renfermaient les cinq pièces d'or du magnifique pourboire, continuait à l'exciter du fouet et de la voix.

Le coupé volait sur la route, ce qui n'empêchait pas Gaston d'abaisser à chaque seconde la glace de devant, et de crier à l'automédon, qui ne l'entendait pas au milieu du vacarme assourdissant produit par cette course insensée :

— Plus vite ! !... plus vite encore ! ! !...

La voiture atteignit la barrière.

Le mari de Blanche aurait volontiers sauté à la gorge des employés de l'octroi qui, se présentant à chaque portière, lui demandèrent s'il n'avait rien à déclarer.

Il se contraignit cependant.

Le coupé reprit sa marche rapide et ne s'arrêta plus que dans la rue du Faubourg Saint-Honoré, devant une porte étroite et basse, au-dessus de la-

quelle se lisaient en lettres rouges, sur un transparent
de verre dépoli, ces mots :

HOTEL D'ALBION, MEUBLÉ.

Il était temps.

Le cheval paraissait complétement incapable de
faire désormais cent pas de plus.

— Nous y voici, bourgeois, — cria le cocher, — et,
sacrebleu ! je crois que c'est aller rondement ! — Les
chevaux de Sa Majesté ne vont pas aussi vite que
ça !... je m'en vante ! !

Gaston descendit de voiture et mit cent vingt francs
en or dans la main du cocher.

— Grand merci, bourgeois ! ! — s'écria ce dernier.
— Faut-il vous attendre ?

— Oui.

— Suffit.

Gaston pénétra dans une allée presque sombre,
et vit sur sa droite une sorte de cage vitrée dans
laquelle trônait une dame d'un certain âge, de
tournure commune, et vêtue avec une élégance
prétentieuse et de mauvais goût.

Il ouvrit brusquement la porte de cette cage, qui
servait de *bureau.*

A l'aspect d'un homme au visage pâle et dont la
physionomie bouleversée exprimait l'égarement, la
dame prétentieuse éprouva quelque vague inquié-

tude, mais elle fit bonne contenance, et dit en minaudant :

— Qu'y a-t-il pour le service de monsieur ?

— Madame, — demanda Gaston d'un ton mal assuré, — il est arrivé une jeune fille dans votre hôtel, n'est-ce pas, il y a à peu près une heure ?

— Mais, monsieur, une telle question...

— Répondez-moi, madame !... au nom du ciel, répondez-moi ! ! !... — Ce que je vous demande est d'une importance capitale, d'une gravité suprême.

— Eh bien, oui, monsieur, une jeune fille est, en effet, descendue à l'hôtel...

— Où la trouver, madame ?... — Vite ! vite ! !... où la trouver ?... — Il faut que je la voie à l'instant...

— Mais, monsieur, je ne sais si je dois... — Cette demoiselle ne m'a nullement témoigné l'intention de recevoir... surtout à pareille heure...

— Eh ! madame, — répondez donc ! ! — s'écria le marquis d'une voix impérieuse. — Votre hésitation est un crime ! !... — il s'agit de vie et de mort ! !... cette jeune fille est venue ici pour se tuer ! !...

— Grand Dieu !...

— Moi seul, peut-être, je puis la sauver encore. Mais où est-elle, madame ? où est-elle ?

— Ah ! je n'hésite plus ! ! — Se tuer ! !... la malheureuse ! !... — Courez, monsieur, sauvez-la... — vous la trouverez au second étage, chambre numéro 22...

Gaston n'avait pas besoin d'en savoir davantage.

15.

Il s'élança dans l'escalier, — il atteignit en moins d'une seconde le deuxième étage, et il vit en face de lui la porte sur laquelle était tracé le numéro 22.

Le marquis, on doit le comprendre, avait une crainte profonde, une immense inquiétude, de trouver cette porte fermée et d'être contraint d'employer la force pour la briser.

Lorsqu'il eut la certitude que la clef était en dehors, à la serrure, son cœur bondit de joie.

Il entra comme un ouragan.

Laurence assise au fond de la chambre, en face de la porte, auprès d'une petite table sur laquelle s'appuyaient ses coudes et qui supportait une bougie dans un chandelier de cuivre, fut le premier objet qui frappa ses regards.

Les mains entrelacées de la jeune fille cachaient son visage baigné de larmes ; son attitude était celle d'une statue de la Douleur.

Le bruit de la porte qui s'ouvrait lui fit relever la tête. — Elle vit Gaston, — elle poussa un cri, et, saisissant le petit flacon plein d'une liqueur brune, elle l'approcha vivement de ses lèvres.

Mais déjà le marquis avait franchi la distance qui le séparait d'elle.

Il lui arracha le flacon qu'il broya sous ses talons, puis, la soulevant dans ses bras, et l'appuyant contre sa poitrine avec un transport fiévreux et passionné, il balbutia à son oreille :

— Laurence, chère Laurence, ayez pitié de vous ! ! ayez pitié de moi ! ! — Vivre sans vous m'est impossible, et, si vous voulez mourir, je mourrai le premier ! !...

XIX

LE RETOUR

L'entretien du mari de Blanche et de l'orpheline ne fut qu'un long commentaire des dernières paroles que nous venons de reproduire.

Vainement Laurence semblait refuser obstinément de se laiser convaincre.

Le marquis faisait preuve d'une obstination non moins grande.

A tous les raisonnements de la sirène il répondait :

— Renoncez à votre projet de suicide, ou je me tuerai ?

» Je me tuerai de même si vous ne consentez pas à vivre pour moi et à me rendre tout votre amour.

» Cette résolution est inébranlable.

» Aurez-vous le courage, Laurence, de me condamner froidement à mort ? »

. . . .

Lorsque l'orpheline jugea qu'elle avait fait une assez longue résistance, et que le moment de capituler était enfin venu, elle céda, mais elle eut l'art de donner à sa faiblesse les plus complètes apparences de l'abnégation et du sacrifice.

Bref, au bout de deux heures le marquis Castella quittait l'hôtel d'Albion en emportant le serment de Laurence.

La jeune fille venait de lui jurer solennellement, sur son honneur, sur son amour, sur le salut de son âme, qu'elle renonçait à son projet de suicide ; qu'elle acceptait de lui les moyens d'existence qui lui manquaient absolument, puisqu'elle ne possédait aucune fortune personnelle ; enfin qu'elle consentait à le recevoir chaque jour, et qu'elle ne lui défendait pas de lui parler d'amour.

Mais en échange de ces promesses elle avait exigé du marquis le serment, non moins solennel, qu'il la respecterait comme une sœur, et qu'il ne lui demanderait, ni maintenant ni jamais, le sacrifice de son honneur.

Gaston partit le cœur plein de joie.

— Laurence tiendra ses engagements, — se disait-il, — et moi je ne tiendrai pas les miens...— Avant

un mois, et par la force des choses, Laurence sera
ma maîtresse !

De son côté, l'orpheline murmurait avec orgueil :

— Allons, j'ai bien conduit ma barque au milieu
des écueils qui m'enveloppaient de toutes parts, et
le succès passe mon espérance ! — Voilà la situation
nettement dessinée... Gaston m'appartient mieux et
plus complétement que l'esclave n'appartient à son
maître, et le jour où je serai marquise Castella est
proche !.... Oh ! les hommes ! — Quelle misérable et
sotte engeance, et comme il suffit de la plus pauvre
scène de comédie pour s'emparer d'eux et pour en
faire des pantins dociles ! Gaston était une nature
honnête et droite ; eh bien, si demain je lui demandais de commettre un crime, il m'obéirait aveuglé-
ment !

Tandis que Laurence se tenait à elle-même ce langage cynique, le jeune marquis avait repris place
dans le coupé de louage qui se dirigeait vers Auteuil,
non plus au galop mais au petit pas, car le cheval, à
moitié fourbu, ne faisait mouvoir qu'à grand'peine
ses jambes roidies et ankylosées.

Cependant, à mesure que diminuait la distance,
Gaston sentait se dissiper les fumées d'ivresse amoureuse qui obscurcissaient son jugement ; une vague
inquiétude s'emparait de lui.

La pensée qu'il allait se retrouver en présence de

sa femme mettait dans son âme un remords invon-
lontaire.

— Pauvre Blanche ! — se disait-il, — je la fais
cruellement souffrir et, cependant, je donnerais
beaucoup pour éloigner d'elle le moindre chagrin ;
mais il est des situations dans la vie où l'on n'est
plus le maître de soi-même ! Je sacrifierais tout à ma
femme, tout, excepté mon amour pour Laurence,
car c'est un sacrifice que je n'ai ni le droit ni la volonté de lui faire, mais j'agirai en homme du monde,
en galant homme, en excellent mari. Je redoublerai
d'égards pour elle ; je sauverai toutes les apparences,
et ce sera vraiment sa faute si elle ne se trouve pas
heureuse au milieu des prévenances assidues et des
soins affectueux dont je l'entourerai sans relâche !

C'est avec d'aussi déplorables sophismes que les
cœurs faibles s'affermissent dans le mal, et que les
esprits malsains s'illusionnent !

Le coupé s'arrêta devant la grille de la Folie-Normand.

Il était deux heures du matin.

Gaston descendit ; — il donna une nouvelle pièce
d'or au cocher, et il étendit la main vers la chaîne
de la cloche.

Mais, avant même qu'il eût agité cette chaîne, la
petite porte lui fut ouverte et, à la clarté des lanternes
du coupé qui s'éloignait, il reconnut son valet de
chambre.

— Comment ! c'est vous, Baptiste ? — s'écria-t-il.

— Par quel hasard êtes-vous là ?...

— J'attendais monsieur le marquis.

— Depuis longtemps ?

— Depuis minuit.

— Qui vous en avait donné l'ordre ?

— Personne ; mais j'ai pensé qu'il était nécessaire de prévenir monsieur le marquis...

— Me prévenir !... — répéta Gaston, voyant que le valet de chambre s'interrompait.

— Oui, monsieur le marquis.

— De quoi donc ? Parlez, Baptiste.

— Ah ! c'est que c'est difficile à dire.

— Vous avez une mauvaise nouvelle à m'annoncer ?... — s'écria Gaston, pâlissant.

— Hélas, oui...

— Eh bien, quelle que soit cette nouvelle, expliquez-vous... — Ne me cachez rien !... — Mieux vaut la certitude que l'angoisse !... — Il ne s'agit pas, je l'espère, d'un malheur irréparable.

— Oh ! non, monsieur le marquis, grâce à Dieu !... car à l'âge de madame la marquise, on en revient de loin.

— Madame est donc malade ?... bien malade ?... — balbutia Gaston consterné et épouvanté.

— Oh ! oui, monsieur le marquis, bien malade... Madame a une fièvre qui fait peur, et le délire... — Elle est comme qui dirait folle et elle ne reconnaît personne... — Ça lui a pris presque tout de suite après le départ de monsieur le marquis... — J'ai couru chercher un médecin, et la femme de chambre a prévenu madame la marquise, mère de monsieur.

— Ma mère est auprès de ma femme !... — s'écria Gaston d'une voix étranglée.

— Oui, monsieur le marquis, et madame votre mère, paraît-il, a dit qu'elle y passerait toute la nuit.

Le jeune homme n'en écouta pas davantage.

Il se mit à marcher très-vite, ou plutôt à courir du côté du pavillon.

La porte du vestibule était entr'ouverte, — la lanterne flamande suspendue au plafond répandait une clarté faible.

Gaston gravit l'escalier avec une rapidité prodigieuse et se trouva en moins de quelques secondes dans l'antichambre de l'appartement de sa femme.

Là il fit un détour, de manière à arriver dans la chambre à coucher par un cabinet de toilette que desservait un étroit couloir.

La porte de ce cabinet n'était point fermée, mais une portière d'étoffe masquait l'ouverture.

Gaston souleva un coin de cette tenture, — il regarda et il écouta.

Un spectacle navrant s'offrit à ses regards.

Blanche couchée, le visage pourpre, les yeux brillants du feu de la fièvre, les mains jointes et étendues en avant, murmurait, avec un accent de supplication profonde et désespérée, des paroles entrecoupées de sanglots.

— Gaston, n'y va pas... je t'en conjure !... — disait-elle. — Gaston, par pitié, reste auprès de moi !... — Il ne m'écoute point, mon Dieu !... — il ne m'entend pas... il ne veut pas m'entendre !... — il part... — il est parti !... — Cette femme l'attend... cette femme l'appelle !... — Pour la suivre, il me foulerait aux pieds !... pour la rejoindre, il passerait sur mon cadavre !...—Oh ! Gaston, que t'ai-je donc fait pour mériter de telles tortures ?...— Je t'ai bien aimé, cependant... — je t'aime encore plus que ma vie !... — Mon cœur est tout à toi, et tu brises mon cœur ! — Je te pardonne, mais tu me tues !... — Je suis trop faible pour tant souffrir... — La vie se retire de moi... — Quand tu reviendras, je serai morte...

La voix de Blanche s'éteignit ; — au lieu de paroles distinctes, ce fut un murmure inarticulé qui sortit de ses lèvres, et qui lui-même finit par un gémissement.

.   .   .   .

Au pied du lit, la marquise douairière était assise dans un grand fauteuil.

Nous savons déjà que la noble dame, infirme, toujours souffrante, et ne conservant pour ainsi dire que le souffle, ne sortait presque plus jamais de son appartement.

Depuis la mort de son mari, — par conséquent depuis bien des années, — elle n'avait pas quitté le grand deuil.

Des flots de dentelles noires et les longues mèches de ses cheveux blancs en désordre encadraient son visage amaigri, coloré faiblement comme du vieil ivoire, et presque semblable à la face décharnée d'un spectre.

Ses mains blanches, fluettes, presque diaphanes, s'appuyaient sur ses genoux.

Elle regardait sa belle-fille avec un intérêt profond et douloureux, et de grosses larmes coulaient une à une le long de ses joues ridées.

On eût dit le fantôme du passé assistant à l'agonie de la jeunesse.

Gaston, debout derrière la portière du cabinet de toilette, contemplait avec épouvante le tableau que nous venons de mettre sous les yeux de nos lecteurs.

Il fit, sans le vouloir, un mouvement léger.

Une des feuilles du parquet craqua sous son pied.

Ce bruit, si faible qu'il fût, attira l'attention de la marquise douairière.

Elle tourna la tête du côté où il venait de se produire et elle aperçut, dans l'entre-bâillement de la tenture, la figure pâle et contractée de Gaston.

Une écrasante expression de mépris et de colère se peignit aussitôt sur les traits flétris de la vieille dame.

Elle fit, pour quitter son fauteuil, un effort visiblement pénible, et elle se dirigea d'un pas lent vers la porte du cabinet.

A mesure qu'elle avançait, Gaston reculait malgré lui.

Elle souleva l'étoffe et franchit le seuil.

Le marquis, rencontrant derrière lui la muraille, fut contraint de s'arrêter dans son mouvement de recul.

Il était chancelant, anéanti, et ses yeux se baissaient devant le regard fixe et sévère fixé sur lui.

La douairière, sans prononcer une parole, fit un geste impérieux pour ordonner à son fils de se rapprocher d'elle.

XX

LA MÈRE ET LE FILS

Gaston obéit passivement.

La marquise, toujours silencieuse, continuait à attacher sur lui des regards qui descendaient au fond de sa conscience et lui causaient un indicible malaise.

— Ma mère, — balbutia-t-il au bout de quelques secondes, — que se passe-t-il donc ?...

— C'est à moi de vous le demander !... — répliqua la douairière d'une voix très-basse, mais parfaitement distincte. — Que se passe-t-il dans la maison de votre mère et de votre femme ?... — Je n'ai pas voulu questionner des valets... je n'ai pas même voulu les entendre, car ils étaient prêts à parler, mais j'ai le droit et le devoir d'interroger mon fils, et je vais le faire... — Expliquez-moi donc les paroles échappées au délire de votre femme... — Pourquoi parle-t-elle d'abandon ?... pourquoi dit-elle que vous brisez son cœur, et pourquoi le nom de Laurence se mêle-t-il à chacune de ses plaintes désespérées ?...

— Hélas ! ma mère, — répondit le marquis avec une hésitation facile à comprendre, — un grand malheur nous arrive, — Blanche est devenue jalouse tout à coup.

— Jalouse... — sans motifs ?

— Elle croit en avoir.

— D'où venez-vous, au milieu de la nuit ?

— De Paris.

— Laurence, où est-elle ?

— Elle a quitté cette maison, il y a quelques heures.

— Doit-elle y revenir ?

— Jamais.

— Pourquoi ce départ, ou plutôt cette fuite ?

— Laurence, se voyant soupçonnée, ne pouvait rester ici plus longtemps.

— Les soupçons de votre femme sont-ils injustes ?

— Oui, certes, ils le sont, car je vous jure que Laurence n'est point ma maîtresse.

— Cette réponse ne me suffit pas... — Des paroles coupables n'ont-elles jamais été échangées entre Lau-

rence et vous ?... — Laurence est-elle encore aujour-
d'hui pour vous ce qu'elle a été si longtemps, ce
qu'elle devait être toujours, votre fille ou votre
sœur ?...

Gaston sentit que l'audace lui ferait défaut pour le
mensonge poussé à de telles limites.

Il garda le silence.

La marquise comprit toute la portée de ce silence,
qui véritablement équivalait à l'aveu le plus expli-
cite.

Une expression de dégoût se peignit sur son visage.

— Ah ! — murmura-t-elle, — c'est bien triste et
c'est bien infâme !... — Si votre père était vivant
encore, lui, l'honneur et la loyauté mêmes, il aurait
honte de son fils ! —Il rougirait en vous regardant !...

— Mais, ma mère, — répliqua Gaston sourdement
irrité d'un jugement si sévère, — en me supposant
même beaucoup plus coupable que je ne le suis, il
me semble que l'infidélité d'un homme ne fut jamais
un crime indigne de pardon. — Le monde ne voit là
qu'une erreur excusable, un péché des plus véniels.

— Je vous croyais de l'intelligence et du cœur, —
s'écria la douairière, — et je m'aperçois trop bien,
en ce moment, que vous n'avez ni l'un ni l'autre ! —
L'homme qui fait du foyer conjugal le théâtre de ses
égarements et qui choisit pour complice de l'adultère
la protégée, l'enfant d'adoption de sa femme, cet
homme n'est coupable ni d'une erreur excusable,

comme vous le dites, ni d'un péché véniel, il commet
un crime honteux devant lequel reculeraient d'effroi
les débauchés les plus perdus, les libertins les plus
impurs!...

— Ma mère, — dit Gaston avec emportement, —
ma mère!

— Allez-vous me menacer? — demanda froidement la marquise.

— Que Dieu m'en garde! Mais vous me traitez
avec une rigueur dont je m'étonne, et dont je m'ir-
rite malgré moi, si grands que soient mon respect et
ma tendresse pour vous.

— Je vous traite comme on doit traiter un lâche.

— Un lâche! moi! un lâche!

— Quel nom donner à l'homme qui fait mourir de
désespoir une femme douce, tendre, adorable comme
la vôtre?

— Ma mère, pour grossir la faute vous en exa-
gérez les conséquences. Blanche n'est point mourante.

— Blanche est en danger.

— C'est impossible!

— Le médecin l'a déclaré lui-même.

— Le médecin se trompe. Il y a quelques heures
à peine, la santé de Blanche ne pouvait donner aucune inquiétude.

— Il y a quelques heures, votre femme n'avait
pas reçu le coup terrible qui vient de la foudroyer.

Mais ce n'est plus du passé qu'il s'agit. Les faits accomplis sont malheureusement irréparables... Parlons de l'avenir... Peut-être (et je l'espère de toute mon âme) est-il temps encore de sauver Blanche en lui rendant le calme d'esprit, la quiétude, la confiance, qui cicatriseront à la longue les blessures saignantes de son cœur... Que comptez-vous faire ?

— Je ne prévoyais rien de ce qui vient de se passer... je n'ai, par conséquent, pu former aucun projet.

— Êtes-vous homme d'honneur ?

— Oh ! ma mère, si sévère que vous soyez pour moi, vous ne doutez pas de mon honneur ?

— Oui, j'y veux croire encore, malgré tout !... Êtes-vous disposé à suivre mes conseils ?

Gaston fit un signe affirmatif ; mais cette manifestation, nous devons le dire, était en désaccord parfait avec sa pensée intime.

Madame Castella reprit :

— Eh bien, mon fils, laissez-vous guider par moi. Je vous montrerai la voie qu'il faut suivre pour reconquérir votre bonheur, sinon à tout jamais perdu, du moins gravement compromis... D'abord, et pendant bien longtemps, vous ne devez plus vous séparer un seul instant de votre femme.

— Pourquoi cela ? Ne puis-je donc continuer à vivre avec elle comme je vivais par le passé ?

— Non... Votre présence continuelle peut seule la

II.   16

rassurer absolument et empêcher la défiance et le soupçon de se présenter à son esprit. Me comprenez-vous?

Gaston fit un geste vague que la douairière crut pouvoir interpréter comme un témoignage d'adhésion.

— En second lieu, — continua-t-elle, — vous quitterez cette maison qui rappellerait sans cesse à votre femme de tristes et honteux souvenirs...

— Partir d'ici ! — s'écria le marquis.

— C'est indispensable.

— Quand?

— Aussitôt que la santé de Blanche lui permettra de vous suivre, et j'ai la ferme confiance que la certitude de ce départ hâtera son rétablissement.

— Où irions nous?... A Paris, sans doute?

— Bien loin de Paris, au contraire ! — répliqua vivement la douairière. — Vous voyagerez. La pensée qu'il y aura des milliers de lieues entre Laurence et vous contribuera beaucoup à rendre à Blanche le calme dont elle a tant besoin.

— Est-ce tout, enfin, ma mère? — demanda Gaston avec une intonation presque ironique.

— Pas encore, — répondit la douairière. — Vous allez me jurer, sur votre honneur, sur le nom que vous portez, sur la mémoire de votre père, que vous ne reverrez jamais Laurence, et que vous ne prêterez les mains à aucune des tentatives qu'elle pourrait faire pour se rapprocher de vous ! Je veux croire que cette malheureuse jeune fille est plutôt aveuglée et égarée que franchement infâme. Je m'occuperai de son sort... j'assurerai son avenir, et il ne tiendra qu'à elle d'être heureuse, si elle a le courage et la volonté de rester honnête...

La marquise s'interrompit :

— Eh bien, vous ne répondez pas ?... — dit-elle après deux ou trois secondes.

— Mon Dieu... ma mère... — murmura Gaston. — Que puis-je répondre ?...

— Vous pouvez et vous devez, avant tout, me faire le serment que j'attends de vous.

— Non, je ne le puis pas ! non, je ne le dois pas !... — répliqua le jeune homme d'un ton ferme.

Le pâle visage de la douairière exprima la stupeur et l'effroi.

— Eh quoi ! — s'écria-t-elle d'une voix altérée, — vous me refusez cette promesse !

— Oui, ma mère, je vous la refuse.

— Mais pourquoi ?

— Parce que, depuis bien des années déjà, je suis et je dois être le seul maître de mes actions, le seul juge de ma conduite, et que fût-ce même entre vos mains, qui sont les plus nobles et les plus saintes que je connaisse, il ne me convient point d'abdiquer ma liberté, que je prétends garder tout entière.

— Pour le mal comme pour le bien, n'est ce pas, malheureux insensé ?...

— Oui, ma mère, pour le mal comme pour le bien... — Je ne suis plus un enfant qui se laisse conduire, vous ne l'ignorez pas ; j'ai l'âge de discernement, et, si je choisis le mauvais chemin, c'est de propos délibéré et en toute connaissance de cause. — Vous voyez, dans de telles conditions, à quel point les serments deviendraient inutiles.

— Mon Dieu ! — murmura la douairière en élevant vers le ciel ses yeux humides et ses mains jointes. — Mon Dieu, j'ai peur de comprendre !... — Gaston, rassure-moi !... — Dis-moi que le mauvais ange ne s'est pas emparé sans réserve de ton âme ! — dis-moi enfin, dis-moi, que tu ne reverras plus Laurence !...

— Je vous ai déjà répondu, ma mère, avec un profond respect, mais avec une inébranlable fermeté. — Je vous ai dit que je prétendais garder ma liberté tout entière, et ne rendre de comptes qu'à moi seul.

La marquise douairière regarda son fils, comme les médecins du moyen âge regardaient un pestiféré.

— Allons, je le vois bien, — murmura-t-elle ensuite d'une voix sourde, — c'est fini ! vous êtes perdu ! — Il ne me reste qu'à prier Dieu d'avoir pitié de vous ! — Il ne me reste qu'à le supplier d'éloigner de vous le châtiment et de vous donner le temps du repentir, à vous qui serez le meurtrier de votre femme et de votre mère... — Puisse-t-il m'entendre et m'exaucer !

Après avoir prononcé les dernières paroles que nous venons de reproduire, la vieille dame s'éloigna lentement de son fils, souleva la portière et se disposa à rentrer dans la chambre de Blanche.

Gaston fit un mouvement pour la suivre.

Madame Castella tourna la tête, et clouant le marquis à la place où il se trouvait par un geste rempl[i] tout à la fois de grandeur et de simplicité, elle lui dit :

— N'avancez pas ! — Depuis quand les meurtriers viennent-ils assister à l'agonie de leurs victimes ? Il n'y a plus rien de commun, désormais, entre Blanche et vous ! — Arrière ! — Je vous défends de franchir ce seuil !

Et la tenture retomba, séparant, comme une barrière infranchissable, le passé et l'avenir de Gaston.

16.

XXI

FAITS DIVERS

La marquise douairière venait d'agir avec une extrême dignité, mais en même temps avec la plus insigne maladresse.

Elle n'avait pas compris que le pire moyen de ramener son fils était de le violenter moralement.

L'homme cède volontiers parfois à qui l'implore en s'humiliant devant lui.

Il se révolte et se cabre infailliblement lorsqu'on paraît vouloir le contraindre et substituer à sa volonté une volonté plus forte.

Même dans l'âge mûr, — même dans l'extrême vieillesse, — l'homme reste enfant pour certaines choses.

Plus il aurait besoin d'être mis en tutelle, plus la pensée de recevoir une direction l'effarouche.

Il ne tient jamais tant à sa liberté que lorsqu'il se propose d'en faire un mauvais usage.

Ces concessions immenses que la mère aurait eu peut-être chance d'obtenir par les larmes, par l'attendrissement, elle les rendait impossibles en prétendant les imposer.

Nous devons dire d'ailleurs que ce qui précède est juste surtout en thèse générale.

Dans la cironstance particulière qui nous occupe, Gaston se trouvait dominé par une passion tellement impérieuse, il appartenait si bien et si complétement à Laurence, que rien au monde (nous le croyons du moins) n'aurait pu lui donner la force de se soustraire aux séductions de la sirène irrésistible.

La marquise Castella n'aurait donc vraisemblablement réussi qu'à obtenir de son fils des promesses non suivies d'exécution.

Gaston, très-ulcéré et en proie à une agitation facile à comprendre, se retira dans son appartement et ne songea même pas à se jeter sur son lit.

Il passa le reste de la nuit à se promener à grands pas, de long en large, dans sa chambre à coucher, comme fait une bête fauve prisonnière.

Blanche et Laurence se livraient au fond de son âme un combat acharné. — L'amour et le remords luttaient ! !...

Par instants le remords prenait le dessus... — par instans la femme légitime l'emportait sur la femme désirée ; — mais ces victoires de la droiture et du bon sens n'avaient que la durée de l'éclair, et la passion coupable, avec son cortége d'enivrements, reprenait bien vite et plus que jamais son empire sur l'âme et sur les sens de Gaston.

Au point du jour, le jeune marquis se rendit à l'appartement de Blanche pour avoir des nouvelles.

Une femme de chambre, placée tout exprès dans le salon d'attente, lui barra le passage en lui disant que la marquise douairière le priait de ne pas entrer.

— Madame repose, — ajouta cette fille, — et monsieur troublerait son sommeil.

La fièvre et le délire avaient duré toute la nuit avec une violence non interrompue.

Maintenant, depuis une heure, un profond assoupissement leur succédait.

Gaston se retira, sans insister pour voir sa femme.

A dix heures on vint le prévenir, comme de coutume, que le déjeuner était servi.

Il se mit à table, seul, et il lui fut impossible de toucher à aucun mets.

Son repas se composa d'une tasse de thé.

Comme il allait sortir de la salle à manger il vit, par une des portes-fenêtres, son médecin habituel, l'un des meilleurs de Paris ; — la marquise douairière l'avait fait prévenir et il se dirigeait vers le pavillon.

Gaston ne se montra pas.

Il attendit que la visite du docteur fût terminée,—il l'aborda dans le jardin au moment où il allait rejoindre sa voiture restée près de la grille, et il le questionna.

Les réponses du médecin furent à peu près rassurantes.

L'état de la jeune femme (il crut pouvoir en convenir) offrait sans doute quelque gravité, mais il n'y avait nullement lieu de concevoir des inquiétudes immédiates, et à moins, que le transport au cerveau ne fût suivi d'une fièvre cérébrale, il était permis d'espérer qu'avant la fin de la semaine la marquise entrerait en convalescence.

— Du reste, monsieur le marquis, je viendrai chaque jour, — ajouta le médecin, — et vous voudrez bien prendre la peine de me faire prévenir sur-le-champ si quelque symptôme imprévu venait à se manifester...

Délivré par les paroles du docteur de l'inquiétude qui le tourmentait, car il aurait donné, malgré son amour coupable, la moitié de sa vie pour prolonger la vie de Blanche, Gaston mit de côté ses remords...

Il ne songea plus qu'à Laurence.

Il donna l'ordre d'atteler, il partit pour Paris, — il fit arrêter sa voiture dans la rue du Faubourg-Saint-

Honoré, — il renvoya ses gens et il franchit pédestrement la courte distance qui le séparait de l'*Hôtel d'Albion.*

Il trouva Laurence pâle et défaite.

— Qu'avez-vous donc? — lui demanda-t-il.

— Je ne sais pas, — répondit-elle ; — aussitôt après votre départ un chagrin poignant, une tristesse indéfinissable, et telle que je n'en avais jamais ressenti, se sont emparés de moi... Je me suis mise à pleurer, et mes larmes ont coulé pendant toute la nuit.

— Mais enfin, chère Laurence, pourquoi cette tristesse et ces larmes?

— Je l'ignore ; elles viennent sans doute d'un pressentiment. — Il me semble que quelque grand malheur nous menace et va nous accabler.

— Quel malheur pourrait nous atteindre, puisque nous nous aimons et que nous sommes tout l'un pour l'autre?

— Oui, vous avez raison, mon ami, et cependant il est une chose, je le sens bien, à laquelle je ne pourrai jamais habituer ma fierté.

— Et cette chose, Laurence ?

— C'est la honte.

— La honte, dites-vous? — Grand Dieu! d'où viendrait-elle, et qui donc, en fouillant votre vie entière, pourrait y trouver matière à un reproche?

— Vous vous aveuglez étrangement, Gaston! Oubliez-vous que notre amour est criminel?

— Il ne l'est pas?.. — il ne peut pas l'être, puisque rien n'en ternit la pureté!

— C'est vrai; mais personne ne voudra le croire...

— Pour l'univers entier, je suis votre maîtresse.

— Que vous importent des jugements faux et menteurs?

— Ils ne m'importent point en effet, ceux-là, mais il en est un seul, dont au prix de ma vie je voudrais racheter l'injustice : ç'est celui de l'unique personne au monde que j'aie offensée sans le vouloir... — c'est celui de Blanche Castella...

— Laurence, au nom du ciel, ne parlez pas de ma femme!

— Pourquoi? Je veux parler d'elle, au contraire! Est ce une raison, parce qu'elle a le droit de se croire trahie, pour que je cesse de l'aimer et de m'intéresser tendrement à elle? En échange du bien qu'elle m'a fait, je ne lui ai rendu, moi, que du mal! Je voudrais tomber à ses genoux en lui demandant pardon... embrasser ses pieds et les couvrir de mes larmes...

— Elle me maudit, n'est-ce pas? Elle me croit infâme? Que vous a-t-elle dit de moi? Parlez, Gaston, je veux tout savoir.

— Blanche n'a point prononcé votre nom, — murmura le marquis.

— C'est impossible!

— Je vous jure que c'est la vérité!

— Il me paraît impossible de croire que Blanche,

après ce qui s'est passé hier au soir, ne vous ait point parlé de moi cette nuit ou ce matin.

— Hélas ! la pauvre Blanche ne pouvait, en ce moment, parler ni de vous, ni de rien...

— Elle est malade ? — s'écria Laurence avec une expression déchirante.

— Oui, bien malade.

— En danger, peut-être ?

— Non... — Le danger n'existe pas, et, selon toute probabilité, il ne doit point venir...

Laurence se frappa la poitrine avec l'apparence du désespoir le plus violent.

— Ah ! — balbutia-t-elle d'une voix entrecoupée de sanglots, — ah ! je suis maudite ! je porte malheur à ceux que j'aime ! Vous me trompez, ou l'on vous trompe... — Blanche est perdue, déjà peut-être, mais je ne lui survivrai pas... — Si elle meurt, je la suivrai dans la tombe, et, lorsqu'elle me verra couchée auprès d'elle sous la terre, elle comprendra bien que je ne la trahissais pas...

Gaston s'efforça de calmer Laurence.

Il eut d'autant plus de peine à y parvenir que, la douleur de l'orpheline étant une comédie, devait suivre son cours, et rien ne pouvait l'interrompre prématurément.

Ceci rendit l'entretien fort triste et l'empêcha de se prolonger, mais Gaston se dit, de la meilleure foi du

monde, en descendant l'escalier de l'hôtel d'Albion,
que Laurence était le plus immaculé de tous les anges
descendus du ciel, et que personne au monde n'était
autant qu'elle fidèlement et saintement dévoué à
Blanche!...

L'orpheline restée seule se frotta les mains, tandis
que ses beaux yeux étincelaient d'une joie féroce, et
qu'un étrange sourire soulevait ses lèvres roses.

— Le coup est porté! — se dit-elle. — La marquise
Castella, frappée au cœur, va me céder la place, et
l'heure approche où je pourrai commander ma robe
de noces!...

. . . .

Gaston ne pouvait laisser plus longtemps Laurence
dans une chambre modeste d'un hôtel garni de
dixième ordre.

Un tel séjour lui semblait, à tous les points de vue,
complétement indigne de sa bien-aimée.

En conséquence il employa le reste de la journée
à se mettre en quête d'un appartement, et sur le
boulevard de la Madeleine il trouva ce qu'il cherchait,
c'est-à-dire un délicieux petit entre-sol composé de
cinq pièces et décoré avec la plus grande fraîcheur et
avec une coquetterie de bon goût.

Il fit venir aussitôt un tapissier auquel il expliqua
ses intentions, accompagnées de la promesse d'un
paiement immédiat et largement rémunérateur si,
dans la soirée du lendemain, l'appartement se trou-

vait garni d'un mobilier féerique et prêt à recevoir ses hôtes.

Le tapissier promit et tint parole.

Paris est le pays des miracles !

XXII

DERNIÈRE ENTREVUE

Deux semaines s'étaient écoulées sans apporter, du moins en apparence, d'importants changements dans la situation de nos personnages.

Au milieu du désordre complet de sa vie, Gaston conservait une sorte de régularité.

Il ne désertait pas absolument la maison conjugale.

Il se persuadait à lui-même que, vis-à-vis de ses gens, sa conduite ne blessait en rien le décorum et sauvegardait toutes les convenances.

Il partait chaque matin pour Paris, où il passait la journée auprès de l'orpheline ; mais, chaque soir, il revenait à Auteuil et s'enfermait dans son appartement, après avoir demandé des nouvelles de la marquise douairière et de Blanche.

Les réponses ne variaient guère.

—L'état de madame est toujours le même, — répliquait uniformement la femme de chambre. — Madame ne quitte pas son lit, mais le médecin est sans inquiétude. — Madame la marquise douairière semble en bonne santé... — elle est sans cesse auprès de madame...

Gaston se trouvait dans un état de si prodigieux aveuglement, — la passion absorbante qui le dominait anéantissait à tel point son sens moral, — que de pareilles réponses suffisaient pour le satisfaire, pour endormir sa conscience, pour le mettre, en un mot, en paix avec lui-même.

Il n'avait aucune honte de sa vie nouvelle. — Il ne se disait pas que sa conduite était celle d'un misérable, — il lui semblait parfaitement naturel et légitime de rapporter à Laurence toutes ses pensées, car désormais pour lui, dans le monde entier, il n'y avait plus que Laurence.

La jeune fille, avec une infernale habileté, attisait cette flamme par tous les raffinements de la coquetterie la plus savante, par tous les artifices d'une rouerie précoce et consommée.

Cette vierge, à qui ses instincts tenaient lieu de la science du mal, avait la corruption froide et profonde d'une courtisane émérite.

Sans descendre de son piédestal d'ange immaculé, elle chauffait à blanc la fournaise dans laquelle se consumait le marquis Castella.

Elle possédait l'art de laisser espérer tout et de ne jamais accorder rien. — Elle s'était juré de n'appartenir à Gaston que lorsqu'elle serait sa femme, et ni les ardentes prières, ni les brusques désespoirs du marquis n'auraient pu la décider à manquer à ce serment, sur lequel elle faisait reposer, non sans raison, ses plus chers intérêts de richesse et d'orgueil.

Gaston se croyait de plus en plus adoré chaque jour, et tout autre à sa place aurait partagé cette illusion, car Laurence était une comédienne de telle force que le doute devenait impossible aussitôt qu'elle avait parlé.

Le mari de Blanche attribuait à la vertu la plus pure la résistance véritablement héroïque que lui opposait la jeune fille, et, bien que s'irritant parfois et se désolant de cette invincible chasteté, il ne pouvait se défendre de l'admirer et d'en être fier.

N'était-ce pas pour lui, en effet, un splendide triomphe d'avoir su conquérir et subjuguer l'âme et le cœur de cette enfant si pure et si courageuse, qui trouvait la force de lutter victorieusement non-seulement contre l'amour qu'elle inspirait, mais encore contre celui, non moins violent, qui brûlait son propre cœur?

En élevant à Laurence un piédestal de respect, en

même temps que d'adoration, Gaston se grandissait à ses yeux, comme faisaient jadis ces prêtres des faux dieux, qui se croyaient d'autant plus sacrés que leurs idoles étaient placées plus haut.

Un soir, en revenant à Auteuil selon sa coutume invariable, le marquis fut étonné de voir qu'un assez grand mouvement remplaçait le calme habituel.

Des lumières passaient et repassaient derrière les vitres de la villa.

Les domestiques allaient et venaient, avec des physionomies bouleversées.

Gaston, le matin de ce même jour, avait interrogé la femme de chambre et il en avait reçu cette réponse rassurante :

— *La nuit de madame la marquise n'a pas été mauvaise.*

En de telles circonstances, il lui semblait impossible d'admettre que l'état de sa femme se fût gravement modifié en quelques heures.

Il commençait à éprouver, cependant, une vague inquiétude.

Il franchit le seuil du vestibule et il se sentit troublé jusque dans les profondeurs de son âme en se trouvant face à face avec un prêtre qui se disposait à sortir de la maison.

Ce prêtre était le curé d'Auteuil.

Gaston le reconnut, le salua avec empressement et déférence, et fit un mouvement pour l'aborder.

Le prêtre lui rendit son salut d'un air grave et froid et passa rapidement sans s'arrêter.

Son intention de ne pas entamer d'entretien avec le marquis était évidente, et Gaston ne s'y trompa point.

L'inquiétude vague dont nous avons parlé grandit alors et devint une véritable épouvante.

L'amant de Laurence s'élança dans l'escalier et arriva dans l'antichambre qui précédait l'appartement de sa femme.

Cette antichambre était déserte.

Après un instant d'hésitation, le marquis traversa un petit salon dont il trouva les portes ouvertes ; — il ne s'arrêta que sur le seuil de la chambre à coucher de Blanche et il jeta un coup d'œil à l'intérieur.

Un tableau profondément triste frappa ses regards.

La jeune marquise, étendue sur son lit, immobile et les yeux fermés, semblait évanouie ou morte.

Son doux et beau visage, singulièrement amaigri, offrait une pâleur mate et uniforme qui devait le faire croire sculpté dans un bloc de marbre blanc.

Aucune nuance rosée ne se voyait sur les joues.

Les lèvres mêmes étaient incolores.

La marquise douairière, assise au pied du lit dans un grand fauteuil, ressemblait à une statue de la Douleur.

Sa tête se renversait en arrière.

Son regard fixe avait une expression pleine d'amertume.

De grosses larmes s'échappaient de ses paupières rougies et coulaient sur ses joues sillonnées de rides.

— Mon Dieu ! — balbutia Gaston avec une sorte d'égarement, — mon Dieu ! Blanche n'existe plus...

Et il sentit ses genoux ployer et se dérober sous lui.

Si bas qu'il eût prononcé les paroles que nous venons de reproduire, elles arrivèrent cependant aux oreilles de la marquise douairière, non point distinctement, il est vrai, mais d'une façon suffisante pour attirer son attention.

Elle tourna lentement la tête du côté de la porte, et elle aperçut Gaston.

Un grand changement, une prodigieuse transformation se firent en elle à l'instant même.

Un flot de sang indigné monta de son cœur à ses joues livides et les colora d'un rouge vif.

Son visage prit cette expression menaçante et terrible que les peintres et les sculpteurs donnent aux divinités vengeresses.

Un éclair s'alluma dans ses yeux caves, et Gaston crut se sentir inondé d'un double jet de flamme.

En même temps la vieille dame quitta le fauteuil sur lequel elle était assise, ou plutôt étendue, et, d'un pas ferme malgré sa lenteur, elle se dirigea vers son fils.

Lorsqu'il n'y eut plus, entre elle et lui, qu'une si faible distance qu'elle eût pu lui toucher la poitrine en étendant la main, la marquise dit d'une voix basse mais nette, incisive, méprisante :

— Malheureux !... que venez-vous faire ici ?...

— Ma mère... — balbutia Gaston.

— Bourreau ! — poursuivit la douairière en interrompant le marquis par un geste impérieux, — vous faut-il donc le spectacle d'une agonie ?... — venez-vous recueillir ici le dernier souffle de votre victime ?

— Grand Dieu ! ma mère, que dites-vous ?... — Blanche est-elle en danger sérieux ?... — Devons-nous vraiment craindre pour ses jours ?...

— Blanche se meurt, et c'est vous qui l'avez tuée !...

— Ah ! je suis un misérable ! — s'écria Gaston avec un entraînement irrésistible. — Je le sais bien... je le sens bien... Laissez-moi passser, ma mère... — Je veux tomber aux pieds de Blanche... je veux me traîner à ses genoux... je veux la conjurer de me pardonner...

— Vous ne passerez pas ! — répondit impétueusement la douairière.

— Ma mère, au nom du Ciel !

— C'est le Ciel lui-même qui m'ordonne de vous repousser ! — Je ne vous connais plus ! — vous n'êtes plus mon fils... vous n'êtes plus le mari de ma fille

17.

bien-aimée. Vout n'êtes qu'un lâche et qu'un assassin !
Arrière, vous dis-je !... — arrière, maudit !

Gaston, atterré, courba la tête sous ce foudroyant
anathème, et sans doute il fallait se retirer, ou plutôt s'enfuir, lorsqu'une voix, faible comme un souffle
mais d'une angélique douceur, s'éleva dans les profondeurs de la chambre et murmura ces mots :

— Ma mère, laissez-le passer, car c'est Dieu qui
l'envoie... Il m'eût semblé trop triste de mourir, si
j'étais morte sans l'avoir revu...

C'était Blanche défaillante, Blanche presque inanimée, qui venait de se soulever sur sa couche et qui
avait dit ces paroles.

La marquise se tourna vivement vers la jeune
femme.

— Eh quoi ! chère enfant, — lui demanda-t-elle
avec une surprise manifeste, — eh quoi, vous voulez ?...

Elle s'interrompit.

— Je veux que Gaston s'approche de moi... —
continua Blanche Castella, — car, pour la dernière
fois de ma vie, il faut que je lui parle...

La douairière s'éloigna du cadre de la porte dans
lequel, jusqu'à ce moment, elle s'était tenue debout
comme une sentinelle vigilante, pour interdire à
son fils l'entrée de la chambre de Blanche.

— Puisque cet ange y consent, — dit-elle, —
passez donc, mais souvenez-vous que moi, votre
mère, je vous ai chassé... je vous ai maudit...

Gaston, le front incliné et le visage couvert d'une mortelle pâleur, franchit, en chancelant, le seuil défendu.

La gravité terrible et inattendue des circonstances venait d'opérer un revirement soudain dans cette âme faible et dans ce cœur fragile.

Une douleur réelle et profonde, un remords poignant et sincère,—(quoique vraisemblablement l'un et l'autre dussent être de courte durée), — s'emparaient du marquis, mettaient en fuite tout autre sentiment, éloignaient toute autre pensée.

Gaston traversa l'espace qui le séparait du lit de sa femme, et, se laissant tomber à genoux auprès de ce lit, il cacha son visage baigné de larmes dans les draps en désordre et balbutia d'une voix brisée :

— Blanche, je suis coupable envers toi, oh ! oui, bien coupable... mais je me repens du fond du cœur. — Au nom du ciel, ne sois pas sans miséricorde ! pardonne-moi ! pardonne-moi !...

Le marquis venait à peine de prononcer ces paroles, lorsqu'il sentit une main frêle et brûlante s'appuyer doucement sur sa tête penchée.

En même temps Blanche lui disait :

— Un homme ne doit s'agenouiller que devant la femme qu'il aime ou devant le Dieu qu'il adore... — Relevez-vous donc, Gaston, car vous ne m'aimez plus et vous ne priez pas... — Relevez-vous et asseyez-vous auprès de mon lit...

Gaston fit un geste de refus.

— Je vous en prie...—répéta Blanche. —C'est ma dernière prière... ne l'exaucerez-vous pas ?

Gaston ne pouvait, désormais, que se soumettre.

Il s'assit donc, ou plutôt il se laissa tomber dans le grand fauteil que la marquise douairière occupait un instant auparavant.

XXIII

BLANCHE ET GASTON

En ce moment le regard de Gaston chercha sa mère et ne la trouva point.

La vieille dame, n'éprouvant plus que de l'indignation et du mépris pour le fils qu'elle avait tant aimé, ne voulait pas être témoin de l'entretien qui se préparait.

Elle venait de sortir de la chambre; elle avait refermé la porte; elle se promettait de ne quitter le salon voisin que lorsque Gaston s'éloignerait du lit de Blanche.

Après avoir constaté cette absence, les yeux du marquis revinrent se fixer sur le pâle visage de sa femme.

La jeune marquise, noyée à demi dans les flots de ses cheveux blonds dénoués, ressemblait presque à une apparition surnaturelle.

On aurait pu la comparer à ces anges quasi-diaphanes, que la main naïve des pieux artistes du moyen âge peignait sur les fonds d'or des panneaux de cèdre.

Un sourire doux et triste se jouait autour de sa bouche charmante, mais presque décolorée.

Ses prunelles bleues brillaient d'un feu sombre sous ses paupières qu'entourait un cercle de bistre.

Il devenait impossible de s'y méprendre, l'âme et le corps de la jeune femme n'étaient plus réunis que par des liens fragiles, qui d'une heure à l'autre allaient se briser...

Pour la première fois, à cet instant, une conviction douloureuse se fit jour dans l'esprit de Gaston ; pour la première fois, il comprit que Blanche était bien véritablement perdue sans ressources. — Alors une émotion toute-puissante s'empara de lui, — son cœur se serra convulsivement, — les sanglots l'étouffèrent et des torrents de larmes jaillirent de ses yeux et inondèrent son visage.

Pendant quelques secondes Blanche respecta les transports de cette douleur, dont elle ne pouvait suspecter la sincérité.

— Merci, mon ami, — dit-elle ensuite, — merci de toute mon âme... Je n'attendais, je n'espérais pas ces larmes... Je suis heureuse d'une surprise qui me console de bien des chagrins, et qui rendra ma fin plus douce...

Et, comme Gaston la regardait d'un air d'étonnement manifeste, elle s'empressa d'ajouter, avec un nouveau sourire tout chargé de mélancolie :

— Je vois bien que vous ne me comprenez pas, mais je vais vous expliquer ce qui vous échappe dans ma pensée... Oui... je suis heureuse de votre chagrin, Gaston... — C'est là un sentiment bien égoïste, n'est-il pas vrai? mais il faut me le pardonner... — Je suis heureuse de votre chagrin, disais-je, parce qu'il me prouve que je me trompais en croyant n'être plus pour vous qu'une indifférente, une étrangère, presque une ennemie...

— Blanche, chère Blanche, — s'écria le marquis, — est-il bien vrai, est-il bien possible que vous ayez pu me juger ainsi? — Une ennemie pour moi! vous!

— Je le craignais, — continua la jeune femme, — car j'étais un obstacle entre vous et le bonheur que vous rêvez. — Heureusement cet obstacle est fragile, et dans quelques heures, plus tôt même peut-être, il aura disparu.

— Au nom du ciel, — balbutia Gaston d'une voix sourde, — au nom du ciel, Blanche, chassez de telles pensées... — Vous êtes, grâce à Dieu, pleine de jeunesse et pleine de force... — Il vous reste à vivre de longues années.

La marquise secoua doucement la tête.

— Non... non... — répliqua-t-elle, — je me connais bien, et personne au monde ne pourrait me tromper sur mon état. — Avant la fin de la nuit qui commence, je n'existerai plus... — Oh! ne m'interrompez point, mon ami, et ne cherchez pas à me faire prendre des illusions pour la réalité, car, je vous le jure, la mort n'a rien qui m'effraye, et je ne souhaite point voir ma vie se prolonger. — Je désirais une seule chose, votre présence, car j'ai bien des choses à vous dire; mais vous ne semblez guère en état de m'entendre, et cependant le temps nous presse, et, si je ne veux pas être interrompue brusquement par une main glacée se posant sur ma bouche, il faut que je me hâte...

La crise de douleur qui s'était emparée du marquis augmentait d'instant en instant.

Suffoqué par des remords tardifs, mais poignants, Gaston se tordait les mains et sanglotait avec une violence presque convulsive.

Blanche garda le silence pendant deux ou trois secondes.

— Mon ami, — dit-elle ensuite, — mon ami, — je vous en conjure, calmez-vous et écoutez-moi... — c'est l'unique prière que je vous adresse... — c'est la dernière que je vous adresserai jamais. — Ne voulez-vous point faire tous vos efforts pour l'exaucer ?

Gaston se sentit incapable de répondre, mais sa tête se pencha pour un signe affirmatif.

En même temps il comprima de son mieux les soulèvements de sa poitrine, et ses sanglots se ralentirent.

— Donnez-moi votre main, —reprit la mourante, — je veux la tenir encore une fois dans les miennes, cette main qui m'appartenait jadis uniquement, et sur laquelle je me croyais sûre de m'appuyer jusqu'à la mort...

Gaston obéit machinalement, et il frissonna en sentant sur sa chair le contact des doigts de la mourante.

Blanche reprit :

— N'allez pas croire, au moins, mon ami, que je songe à vous adresser d'inutiles reproches... — une telle pensée est bien loin de moi.... — mes lèvres n'exprimeront point une amertume qui ne se trouve pas au fond de mon âme !... —J'oublie que le présent existe et je ne veux vous parler que de deux choses, *notre* passé et *votre* avenir...Le passé qui fut commun entre nous... — L'avenir qui n'est qu'à vous seul...

Blanche fit une pause.

Sa faiblesse était extrême : —une oppression grandissante faisait haleter sa poitrine et rendait sa voix presque semblable à un râle.

Une sueur glacée venait à ses tempes et perlait, comme des gouttes de rosée, à la racine de ses cheveux blonds.

Les minutes de la jeune femme étaient désormais comptées, et l'instant suprême approchait avec une rapidité prodigieuse.

Elle ne se faisait aucune illusion à cet égard, car, aussitôt qu'elle eut repris haleine et triomphé pour quelques secondes de l'oppression qui l'étouffait, elle continua :

— Le passé, Gaston, notre passé, combien il fut beau ! — Lorsque les regards de mon âme se tournent en arrière, il me semble que je fais un rêve enchanté ou que mes souvenirs me transportent dans une vision du paradis... — Vous vous dites aujourd'hui, je le sais, u'une autre a votre premier amour, mais vous vous mentez à vous-même !... — Vous m'avez bien aimée, mon ami, — vous m'avez aimée de toute votre âme, et la tendresse que je vous inspirais, pour être chaste et légitime, n'en était pas moins ardente et pro-fonde !... — Pendant bien des jours, bien des mois, nien des années, vous avez vécu pour moi seule, et vous m'avez donné une assez large part de bonheur pour remplir toute une existence... — Peu de femmes en ce monde, parmi les plus enviées, j'en ai la ferme conviction, ont été, dans une longue vie, heureuses autant que moi dans ma vie si courte... — Vous le voyez, Gaston, ce ne sont pas des reproches qu'il me faut vous adresser, c'est l'expression de ma gra-titude que je dois vous faire entendre...

Blanche s'interrompit de nouveau.

Le marquis, dont les sanglots avaient cessé mais dont les larmes coulaient toujours, l'écoutait avec une stupéfaction grandissante.

Les paroles qu'il entendait étaient à tel point dissemblables du langage auquel il pensait devoir s'attendre, que c'est à peine s'il pouvait ajouter foi au témoignage de ses sens.

Blanche, trahie, abandonnée, tuée par lui, bien loin de le maudire, lui parlait de sa reconnaissance et le remerciait du bonheur passé!...

C'était à n'y pas croire!...

Et cependant l'angélique créature était de bonne foi.

A l'heure suprême elle oubliait les offenses et les douleurs, pour ne se rappeler que les saintes et pures joies du temps passé, et les jeunes amours dont Gaston, lui, se souvenait à peine.

Blanche poursuivit, d'une voix de plus en plus lente et de plus en plus faible :

—Vous le voyez, mon ami, c'est en souriant que je regarde le passé, mais, hélas! il n'en est pas de même de l'avenir... —L'avenir m'épouvante pour vous, Gaston, car j'ai la prescience, j'ai la certitude, qu'au lieu de vous donner le bonheur que vous attendez de lui, il vous apportera le malheur et la honte... — Je vais mourir, mon ami, — déjà mon âme flotte sur mes lèvres et, —vous le savez sans doute, — l'âme devient étrangement lucide au moment de quitter sa terrestre demeure... — Gaston, laissez-moi vous sauver, tandis qu'il en est temps encore... — Gaston, ne doutez pas de la parole d'une agonisante... — Croyez-moi quand je vous le dis, croyez-moi quand je vous le jure ! — La femme qui va prendre ma place auprès de vous n'est pas digne de vous... — Elle a trahi sciemment et lâchement l'affection sans bornes de celle qui était à la fois pour elle une mère, une sœur, une amie... — elle trahira de même votre amour, qu'elle ne partage pas et qu'elle raille... — elle fera de vous son jouet, sa dupe et sa victime... — elle vous apportera en dot le déshonneur, le désespoir et la mort... — Demain, vous serez libre, Gaston, puisque demain je ne serai plus là... — Ne dédaignez point ma voix expirante !... — Au nom du ciel, par pitié pour vous-même, fuyez, fuyez Laurence !...

Tandis que Blanche parlait ainsi, elle se soulevait peu à peu, malgré son épuisement presque absolu, et le marquis sentait sur sa main émue se crisper et se roidir les mains défaillantes de la jeune femme.

Il lui semblait que cette pression sollicitait de lui une promesse, un serment, et comme il se savait incapable de tenir la parole donnée s'il prenait le téméraire engagement de s'éloigner de l'orpheline, il gardait un silence contraint, et il n'osait attacher ses regards sur le visage pâle et sur les prunelles fixes de Blanche.

Cette situation eut un dénoûment brusque et terrible, mais qui ne pouvait passer pour imprévu.

La jeune femme, voyant que Gaston restait muet, ouvrit les lèvres pour articuler une dernière prière, pour murmurer un dernier conseil.

Mais la parole expira soudain dans sa gorge contractée.

Un long soupir, qui ne devait être suivi d'aucun autre, s'exhala de sa bouche.

Elle retomba en arrière. — Son cœur cessa de battre, — le regard de ses grands yeux se voila.

Une ou deux minutes s'écoulèrent sans que le marquis soupçonnât la vérité sinistre.

Ce fut seulement lorsque la main de sa femme devint froide et dure comme un marbre qu'il devina, qu'il comprit.

Dans le premier moment un désordre complet régna dans son esprit. — L'effroi et la stupeur l'affolèrent en quelque sorte, et nous n'en voulons d'autre preuve que ce cri d'appel qu'il fit retentir à plusieurs reprises :

— Au secours ! Blanche est morte !

La porte de la pièce voisine s'ouvrit aussitôt, et la marquise douairière se montra livide, hautaine, pareille à une apparition menaçante.

Elle alla droit au lit, sans regarder Gaston, et elle plaça successivement sa main sur le cœur et sur le poignet de Blanche.

Certaine alors que tout était fini, elle se pencha

vers le cadavre et elle appuya longuement ses lèvres
sur le front de la jeune morte en murmurant :

— Dors en paix, pauvre chère enfant.... dors en
paix, douce victime, et puisse la tombe te donner
ce repos et ce bonheur que des misérables t'ont
volé si lâchement dans la vie !...

Ayant ainsi parlé la marquise se releva, et se
tournant vers Gaston qui s'était laissé tomber à
genoux et qui sanglotait, elle lui dit d'une voix
sourde, mais dont les notes basses étaient irrésistiblement impérieuses :

— Assez de larmes menteuses !... assez d'hypocrites lamentations !... L'assassin est deux fois lâche
quand il gémit en se tordant les mains près du corps
inanimé auquel il vient d'arracher la vie !... Le crime
est consommé !... L'ange d'amour et de lumière que
Dieu vous avait donné n'existe plus ! Cessez d'insulter à son cadavre par votre présence ! Vous
n'avez rien à faire ici désormais, et votre digne
complice vous attend ! Sortez de cette chambre et
sortez de cette maison !... — Époux infâme, fils
indigne, je vous chasse et je vous maudis !

. . . .

La marquise douairière ne survécut que de quelques semaines à la pauvre Blanche.

Elle fut implacable et inébranlable jusqu'au bout.
— Elle ne pardonna point à Gaston. — Elle refusa
de suivre les conseils de son directeur spirituel, qui

la suppliait, qui lui enjoignait presque de rappeler son fils auprès d'elle au dernier moment...

Elle mourut dans une solitude profonde, dans un isolement complet, et ce fut le lendemain seulement que Gaston (qui ne venait plus à Auteuil) apprit qu'il avait perdu sa mère.

La marquise douairière n'ayant fait aucune disposition testamentaire, son fils unique se trouva naturellement héritier de toute la fortune.

Ceci causa une joie sans bornes à Laurence, qui tremblait que la vieille dame n'eût privé le marquis de la part d'enfant dont la loi lui permettait de disposer, c'est-à-dire de la moitié de son bien.

Trois mois après la mort de Blanche, le mariage de Laurence et de Gaston fut célébré, presque sans témoins, dans l'église de la Madeleine.

L'orpheline atteignait la réalisation de son rêve.

Elle avait à la fois le titre et la fortune...

Elle était millionnaire et marquise Castella (*)...

FIN DE LA MARQUISE CASTELLA

(*) L'épisode qui suit et complète LA MARQUISE CASTELLA porte ce titre : UNE DAME DE PIQUE.

TABLE DES CHAPITRES

DU DEUXIÈME VOLUME

II.

FIN DE LA TABLE DU DEUXIÈME VOLUME.

F. Aureau. — Imprimerie de Lagny

~~~

OUVRAGES DU MÊME AUTEUR

Collection grand in-18 jésus à 3 francs le volume

LA SORCIÈRE ROUGE. 4e édition . . . . 3 »
LE VENTRILOQUE. 4e édition. . . . . 3 »
LE SECRET DE LA COMTESSE. 5e édition. . 2 »
LA MAITRESSE DU MARI. 5e édition. . . . . 1 »
UNE PASSION. 3e édition. . . . . 1 »
LE MARI DE MARGUERITE. 13e édition. . . . . . . 3 »
LES TRAGÉDIES DE PARIS. 7e édition. . . . . . 4 »
LA VICOMTESSE GERMAINE (suite des *Tragédies de Paris*)
    7e édition . . . . 3 »
LE BIGAME. 6e édition. . . . . 2 »
LA BATARDE. 3e édition. . . . . 2 »
UNE DÉBUTANTE. 2e édition. . . . . 1 »
DEUX AMIES DE SAINT-DENIS. . . . . 1 »
SA MAJESTE L'ARGENT. 3e édition. . . . . 5 »
LES MARIS DE VALENTINE. . . . . 2 »
LA VEUVE DU CAISSIER . . . . 2 »

Publications récentes en vente à la même Librairie

Gustave Aimard . . . . Le Chasseur de Rats. 2 vol 6
Philibert Audebrand. L'Enchanteresse. 1 vol. 3
Adolphe Belot. . . . . . Folies de Jeunesse. 1 vol. 3
F. du Boisgobey . . . . La Jambe Noire. 2 vol. 6
Edouard Cadol. . . . . Le Cheveu du Diable. 1 vol. 3
Jules Claretie. . . . . Le Train 17. 1 vol. 3
Champfleury. . . . . La Petite Rose. 1 vol. 3
Eugène Chavette. . . . La Chasse à l'Oncle. 2 vol. 6
Alphonse Daudet. . . . Jack. 2 vol. 6
Albert Delpit. . . . . . Le Mystère du Bas-Meudon. 1 vol. 3
Charles Deslys. . . . . Le Serment de Madeleine. 1 vol. 3
H. Escoffier. . . . . . . La Vierge de Nabille. 1 vol. 3
Paul Féval. . . . . Gavotte. 1 vol. 3
Em. Gonzalès . . . . Les Danseuses du Caucase. 1 vol. 3
Ch. Joliet. . . . . Jeune Ménage. 1 vol. 3
Hector Malot. . . . . . Le Colonel Chamberlain, etc. 4 vol. 12
Emile de Najac. . . Amant de Catherine. 1 vol. . . . 3
Victor Perceval. . . . Le Secret du Docteur. 1 vol. . . . 3
Paul Saunière . . . . . L'Agence Aubert. 2 vol. 6
Pierre Zaccone . . . . La Cellule n° 7. 1 vol. 3

Paris.— Imprimerie de E. Donnaud, rue Cassette, 9.